穿旗袍的姨妈

程永新 著

目 录

第一章　001

第二章　037

第三章　075

第四章　107

第五章　145

第六章　181

第七章　221

再版后记　295

此书献给

那些自由的心灵

那些为绝望之人带来希望

那些流落他乡四处漂泊的

我的朋友

第一章

1

那个坐在绿色小椅子上的男孩就是我。那时我几岁？三岁还是四岁？

我不像有些人那样具有超凡的记忆力，事过几十年之后还能清晰地回忆起生活在子宫里的情形以及咿呀学语时的每一个细节。我不行。童年于我来说，只是一片朦朦胧胧的海。支离破碎的往事犹如暗夜里的灯塔，从遥远的地方朝我眨着眼睛。当我坐在北风敲打窗棂的斗室里，点上一支烟，那混沌海面上最为耀眼的一个亮点便飞驰而来，迅速放大，很快照亮了我的记忆。

我坐在绿色小椅子上。孤零零的一个人。

幼儿园内已变得空空荡荡，两位换下湖蓝色衣兜的阿姨在打蜡地板上走来走去。她们一会儿捏捏已经关闭的窗户把手，一会儿将屋内一长溜小椅子逐个排放整齐。这样重复好几次之后，一位阿姨抬腕看了看手表，用一种不耐烦的目光觑着我。我想，那时我的模样一定糟糕透了。耷拉着脑袋，两只小手放在背后，就像平时阿姨要求我们所做的那样。不时有行人的影子在门栅分隔的空档里闪来闪去。我曾一次次把目光投向门口，眼巴巴地看着小朋友们被他们的父亲母亲接走。没有人来接我。我想是不会有了。我知道我错了。要不，阿姨是不会用那种眼光看我的。

一位阿姨走了。留下的另一位阿姨不知道为什么给我拿来了一副积木，放在我面前的小桌上。我一动不动。幼儿园里有规矩，哪个小朋友犯了错误，阿姨对他的惩罚就是让他坐在墙角，不允许他参加任何游戏活动。我受过这样的惩罚，现在我更应该受这样的惩罚。

阿姨坐在小桌上打毛衣。墙上的挂钟滴答滴答走个不停。斜阳照在窗台上，一只小虫子缓缓爬上彩色玻璃窗，它越爬越高，碰到窗框后噗地掉下，小虫子稳稳身子，又开始艰难地向上蠕动……远处汽车的呼啸声渐渐稀落。门栅的空档里很少有行人的影子掠过。

我的脑袋变得沉重无比，眼睛迷迷糊糊，像睡着了一般。这时候，门口传来一声轻轻的呼唤。

我迟疑了一下，没有抬头。

又一次的呼唤。这回我听明白了，是叫我的名字：骆驼。

我抬起头，凭借一缕暮色，看到门口亭亭站立着身穿旗袍的二姨妈。时间在那会儿凝固了片刻。

我从椅子上蹦跳起来，哇的一声哭喊着朝门口奔跑而去……

二姨妈将我抱起之后，我是泪流满面泣不成声，两只小手紧紧地紧紧地抓住了她的衣服。

2

多少年过去了，我的二姨妈依然不停地絮絮叨叨地向人诉说我童年里的这一场景。

这一场景是有象征意义的。

它是一条狗。它追逐我已经存在的历史，并将继续追逐我以后的生命。我之所以那样害怕在人群里遭受冷落而置身热闹氛围时又难以真正投入，我之所以喜欢把自己关闭在尘嚣之外一个人静处，比较早地获得一种淡泊的心境而在生命里又热切渴望任何一种呼唤，我想，都与童年时代的这一场景有关。

迄今为止,无论什么场合,什么地方,只要有人哪怕用温和友好的声音叫唤我的名字,我的心也会莫名地悸动不已。

还有,我最忌讳的一件事就是别人将背对着我。我宁可闭上眼睛也不愿面对冷冷的如墙一般的背。所以,从幼儿园回家的路上,当五十出头的二姨妈气喘吁吁地提出要改换一种姿势,把我从她的前胸移到她的背部,我即刻哇哇大叫,两条腿乱踢乱蹬,两只小手紧紧勾住了她的颈脖。

二姨妈只得打消她的念头,抱着我沿林荫道一步步走去。我似乎很高兴二姨妈没有坚持把我转移到她背上去的努力,脸蛋依偎在她的颈窝,一只手拨弄她绾在后脑勺的发鬏。

"不要乱动。"二姨妈躲闪了一下脑袋。

二姨妈的发鬏显然有一种吸引我的魔力,我的手情不自禁地又触到了它。

"你再乱动,我就不抱你了。"二姨妈提高了嗓门,脸颊浮现微微的一抹红晕。

我学乖了,一只手老老实实地搭在二姨妈的手臂上。二姨妈的手臂雪白雪白,像藕一样。

二姨妈开始爬坡。我感到自己在一点点增高。我看到前面有一座桥,桥下的河水汩汩流淌,几只停泊河边的小船点起了油灯,微弱的灯火在弥漫雾气的河面上时隐时现,好看极了。

二姨妈和我来到了桥上。在桥栏中央附近,我看到一些人围着一个小摊贩,他们好像都在吃着什么东西。顿时,我觉得喉咙里的口水咕咕地往下流,我随即说:"姨妈,我饿。"

二姨妈看看我,然后将我放下,掏出钱包跑去买回了两块热乎乎的红薯。我站在桥墩上,二姨妈站在我的身旁,我们一边吃着红薯,一边俯看灯火点点的河面。在我记忆中,那是吃得最香的一顿晚餐。

很多年以后,二姨妈还经常向人提及那两块热乎乎的红薯。她是这样来解释她当初的行为:小孩子想吃什么就一定要满足他,不然他会生病的。她说她小时候非常想吃刚摘下来的玉米,她的母亲——也就是我的外婆不给她吃,以至于她想啊想,结果得了相思病。

我不知道基本上是一个文盲的二姨妈所讲述的故事有多少真实性,不过现在回想起来,当时二姨妈为我花了那一毛钱确实不容易。你只要想想我二姨妈一个月拿三十元的退休金,死后竟然留下两栋房产,许多行情看涨的红木家具，以及现在已很难搞清楚确切数目的金银首饰，就可以知道她这一辈子节俭的程度。我的二姨妈一生中最大的乐趣就是逛调剂商店。那时叫旧货店。二姨妈有许多年代久远的贵重物品，都是从调剂商店用低廉的价钱买来的。阳光明媚的日子，二姨妈总像去和情人幽会一般打扮得山青水绿，身穿绸缎旗袍，臂挎一只草编工艺包，娉娉婷婷地走出我们的小街。那时不用问，她一定是去调剂商店。这座城市里大概没有二姨妈所不知道的调剂商店。再小再偏僻的店铺也会被她发掘出来。她像沙里淘金似的在那些店铺里一遍遍地转悠寻觅，循环往复乐此不疲。

令人难以置信的是，我的没有什么文化的二姨妈长年累月所收购的很多东西都具有相当高的文物价值。二姨妈那种对古玩准确到神奇的判断力，好像是天生的。二姨妈把她认为值钱的红木家具衣橱櫃柜以及许多精致古老的小摆设统统秘藏在那栋黑瓦红墙的高楼房里。她生前几乎不向任何人打开这栋拥有粗木屋檩的红楼房。好像是为了守护这栋神秘而气派的红楼房，二姨妈在它的旁边另造了一间灰色平房。灰矮房是二姨妈饮食起居的主要活动空间。它年久失修，墙壁斑驳，在那栋气宇轩昂的红楼房面前就像一只丑小鸭，灰溜溜地蹲伏在那儿。灰矮房内的四面墙上，黑乎乎沾满了厚厚的烟尘，那是二姨妈长久以来烧灶头的结果。她不舍得买燃料，用来烧灶头的柴禾都是问人要来的。街坊邻居哪家做木工，二姨妈便拿一只大麻袋将那些刨花啦碎木块之类的一袋袋往回拉。灶头上熬出的二姨妈的主食，通常就是放了几片菜叶的玉米糊。夜深人静的时候，左邻右舍都已入睡，那间灰矮房开始传出鼹鼠般的走动声和柴禾燃烧的噼啪声。灰矮房里的声响一直要持续到凌晨时分才渐趋平静。二姨妈起居无常，饮食粗糙简单，但奇怪的是她并不见老，五十多岁的身影里依旧保持着年轻时的风韵。灰矮房里一年四季的烟熏火燎，也没使她的皮肤变黑变皱。只要稍加修饰，换了料子上好的紧身旗袍，藕色的臂腕挎上草编工艺包，手套两只翡翠镯子，我的二姨妈又是那样的光彩照人！

一九七五年年末，辞旧迎新的炮竹声刚刚响起，我的二姨妈匆匆告别了人世。人们走进灰矮房，看到二姨妈安详地躺在一张铺了旧棉絮的竹榻上。支撑竹榻的是几排垒叠起来的砖块。旧砖块堆满了四周的墙角，二姨妈还没来得及将它们排放整齐。这些旧砖块耗去了我姨妈生命的最后一点体力。在死神向她一步步逼近之际，她依然像蚂蚁搬家似的往家里搬运那些旧砖块。我始终不能明白，二姨妈孤身一人，拥有两栋房产，她还要那些旧砖块干什么。她莫非还想建造第三幢房子？她膝下没有一个后代，造那么多房子给谁住呢？她难道就没有想到过死吗？

二姨妈肯定以为她是不死的。虽然她说到过死。

我很快吃完了属于我的那只红薯。我把薯皮也一股脑儿塞进嘴里吞了下去。我满足地用一只手拍拍自己的腮帮子，另一只手摸摸二姨妈梳得很光滑的头发。二姨妈个子不高，我站在桥墩上用手抚摸她倒像我是一个大人。

"你母亲好，还是姨妈好？"二姨妈似乎并不反对我抚摸她。

"姨妈好，母亲不好。"

"你母亲很辛苦，她在上中班。"

"她不来接我，就是不好。"

"你长大以后，不要忘记是姨妈带你到这里来玩的。"

"唔，你长大以后不要忘记……"

"你说'我长大以后'……"

"我长大以后你不要忘记……"

"坏坯子，是'你'不要忘记。"

"是……我不要忘记。"

"永远不忘记？"

"永远。"

"姨妈死了呢？"

"死了也不忘记。"

"坏坯子。"

"姨妈……姨妈不会死的。"

3

穿过爬满青藤的篱笆小径,穿过弯弯曲曲的风尘岁月,打着一把黑伞的二姨妈从烈日炎炎的天空下款款走进我的视线。

悬浮的遮阳伞,旗袍衬出的娉婷身段,还有那双耀眼的、不时被篱墙丛草所掩映的白色高跟鞋,一次次招来行人惊异的目光。一群喊喊喳喳的小学生,也许是刚刚放学归来,也许是纠集起来准备去捉蟋蟀,他们看到迎面走来的二姨妈后在路边一字排开,像是接受检阅似的鸦雀无声。

哦,小街,我的生长地,它像是一条小河,它更像是富贵和贫贱的分界线。沿河两岸一侧是树木葱郁的花园洋房,一侧是错乱布局的灰瓦房。但即便是从花园洋房里走出来的人,也不会像二姨妈那样打扮得令人瞠目相看。

二姨妈径自走去,遮阳伞下的一片阴凉摇摇晃晃朝前移动。这时候从那群小学生中间传出了轻轻的一声嘀咕:

地主婆，真神气。

黑色遮阳伞凝固住了——伞下的二姨妈缓缓转过身来，我看到她的脸上布满茫然而愤懑的神情。她的眼睛在搜索，在寻找。

小学生们开始骚动起来，相互间推推搡搡，忽地像一阵风似的夺路而逃，他们一面逃一面嘴里还发出含混不清的喊叫声，纷乱而尖厉的声音在小街上空四处飞扬……

这些嘹亮的童音始终无法从我耳边消散。它们犹如晶莹五彩的泡沫，带着无尽的疑问，从岁月的纵深处绵绵不断地向我飘来。它们一次次地提醒我：二姨妈清苦的一生中是有过男人的。

二姨妈是"地主婆"，那"地主"是谁呢？

那曾经在二姨妈生活中出现过的男人是死了，还是和二姨妈离异了，一个雨过天晴的日子，我曾就这个问题问过母亲。

两鬓染霜的母亲脸上浮现若有所思的神情，显然，她也无法解开这个迷。母亲告诉我，二姨妈从小脾气古怪，与兄弟姐妹都合不来，在外公外婆面前也不得宠。十五岁那年，二姨妈只身一人离家出走，从此杳无音讯。直到外公外婆相继去世，一个归乡的远房亲戚才捎来二姨妈的消息和一些钱物。那个归乡人说二姨妈现在阔了，跟了一个富家子弟，钱财是吃不完穿不完。

有关二姨妈的下落在故乡的小河两岸不胫而走，青石板桥两侧聚集了三三两两议论不休的乡亲们，在他们眼里，违背乡俗与人非法同居已属大逆不道，不回家奔丧以尽孝心更是泯灭天良。在族里几位有声望的长辈主持下，二姨妈捎来的钱物被扔进了野狼出没的山谷。外公外婆合冢落葬仪式后的第二天晚上，族长当着众人的面，在祠堂内的族谱上抹去了二姨妈的名字。故乡就以这样的方式来遗忘和唾弃她的不肖子孙。

我母亲在远离家乡的地方再度见到二姨妈已是二十多年以后的事。她沿着一条弯曲的河浜溯流而上，穿过一座座摇晃不已的小木桥，在城市边缘靠近郊野的地方，找到了孤身独居的二姐。从那以后，我母亲先是租赁后买下了坐落河边的青瓦歇山顶楼房，和二姨妈比邻而居。姐妹俩虽说几十年龃龉不止，命运却再也没有提供让她们分开的机会。据此大约可以推断，二姨妈可以称得上感情生活的故事基本上都发生在离家流亡的那二十多年时间里。

二姨妈为什么没有生儿育女，后来为什么又没有再嫁人，一个人孤独地在这个世界上行走，直到生命的尽头，这始终像一团团迷雾，让人捉摸不透。

我相信，二姨妈在是否一辈子守寡的问题上曾经产生过动摇。

二姨妈和母亲有过无数次的争吵，其中有一次的争吵非常蹊跷。起先姐妹俩窃窃私语，好像商量着什么紧要的事。为了避开已经懂事的我，她们走得很远，站在草木丛生的篱笆墙边交谈。后来我听见二姨妈的嗓门渐渐高起来，那时候我已预感到母亲和二姨妈的争吵是不可避免了。

二姨妈气咻咻离去时将我家小院的篱笆门重重地甩了一下。母亲显得很委屈，她神思恍惚地朝家门走来，嘴里不停嘟哝道：世上竟有这样的人，是她自己来征求别人意见的，又莫名其妙发那么大火。

我总觉得她们谈的是关于一个男人的事情。而且那还是个我见过的男人。

从我记事起，二姨妈在很多场合不止一次地说过她讨厌孩子。但我知道那不是真的。也许只有我知道那不是真的。

我想，倘若二姨妈真要讨厌孩子，当初她就不会去幼儿园接我，不会一路上抱我给我吟唱童谣，不会在昏黄路灯映射的林荫道上出现这样的一场对话：

"你长大以后不要忘了姨妈。你会忘了姨妈吗？"

"我长大以后赚很多很多钱给姨妈用。"我信誓旦旦地说。

我没想到二姨妈听了我毫不负责的许诺竟会那么高兴,她出声地笑了,笑得那样舒畅,那样尽情,格格的笑声在林荫道上传得很远。

好像是对我许诺的奖赏和回报,二姨妈说:"今天晚上你和姨妈一起睡,姨妈带你到红楼房去睡觉,你说好吗?"

"好,好。"我使劲拍着手。那栋红楼房我从来没有进去过,它是如此神秘,对我充满了诱惑。

那天晚上,当二姨妈牵着我的手来到红楼房的门口,我幼小的心灵莫名地被一种忐忑不安的情绪所笼罩。至今我仍然无法辨别清楚,那种情绪的产生究竟是源于二姨妈第一次向我打开那栋红楼房呢,还是它本身就预示了那天夜里后来发生的事情。

那天夜里的月光出奇的好。

二姨妈掏出一大串钥匙,在月光下摸摸索索打开了红楼房森然的木门。随着静夜里传出一声清脆的吱呀声,我感到一股冷飕飕的馥郁气味扑鼻而来。

二姨妈进屋后拧亮了一盏光线微弱的灯,但我想说她拧亮的无疑是长长的一串奇迹。

我看到了什么？

那不分明就是童话世界里的宫殿吗？

一屋子林立的红木橱柜、古色古香的大理石屏风、摆满陶瓷器皿的玻璃架、不计其数的红木桌椅以及一只只彩釉镂空的鼓状石凳……它们将这间宽敞的大屋子占据得满满的，在幽暗的灯光里散发着一种诡谲而迷人的气息。

二姨妈引领我在宫殿里穿行。

红木家具之间狭小的空隙刚够我们侧身而过。我的手被二姨妈搀着踏上了很陡的大木梯。锃亮发黄的大木梯宛如一架天梯，在它的尽头，我看到一扇蓝莹莹的天窗。楼上的摆设主要就是围绕一张硕大的柚木梳妆台而铺开的，四周重重叠叠的几乎全是樟木箱。而我更感兴趣的则是那张奇异古怪的铁床。铁床像一只船，高高的床杆像船桅，直指斜坡屋顶，床杆的顶端分别饰有四只兽头，好像巡视着浩瀚的海域，床架上像壁画似的画满了各种各样的图案，画里的男男女女都不大喜欢穿衣服，他们的身上还同树一样长着绿叶。二姨妈替我脱去衣服，将我抱上床。我兴奋得又蹬又跳，铁床叮叮咚咚发出悦耳的声音。

"别乱动，好好躺着。"二姨妈替我盖上毛巾毯，之后背对我慢慢脱去旗袍，我看到了二姨妈雪白雪白的肩胛和浑圆的背部。不一会儿，她拧灭了灯，也钻进毯子躺在我的身旁。

二姨妈和我就这样静静躺着。

那时候我一点都没想到接下去可能会出现的话题。我痴迷地仰望着斜坡屋顶上的天窗，蓝宝石一般的天穹里缀着一颗颗晶亮的星星，它们在遥远的地方朝我不停地眨着眼睛。

"你说，你给姨妈做儿子好不好？"我怔住了。我没想到姨妈会这么问。我感觉到了一种危险性。

"怎么，你不肯给姨妈做儿子？"二姨妈追问了一句，她的眼睛在暗夜里闪闪发光。

我不知道怎么说，不知道说什么好。

"好哇，你不肯，这大概是你妈教你的吧？"二姨妈这样说是不公平的。母亲从未教过我什么。相反，母亲倒是经常笑嘻嘻地用这个话题来刺激我：你给二姨妈做儿子有什么不好？十年以后，当母亲与姐商量着如何把我藏起来，以躲避日趋恶劣的时局和环境，愁容满面的母亲用不无遗憾的口吻叹息道：要是当初你肯给二姨妈做儿子就好了……

在我童年时期，我已记不清向二姨妈许过多少愿。我曾那样爽快那样不负责任地许诺，尽管事后证明那些诺言一个都没兑现。奇怪的是，在是否给二姨妈做儿子这个问题上我却显得极为顽固，我居然一次也没松过口。

我为什么要守口如瓶，从不满足二姨妈的这一愿望？

倘若某一刻我犹豫了，动摇了，冥顽不灵的大脑袋放松了警惕，那么以后的生活将会沿着怎样的轨迹展开呢？我还会经受那么多的曲折磨难，还会在一个隆冬季节里怀着苦涩的心情回忆历历往事吗？

"你这个坏坯子，对你再好也没有用。"二姨妈粗鲁地翻转身，将她的背脊对着我。

我说过我害怕别人的背，何况又是在黑暗里。二姨妈背对我，表示她将不再理我，表示我要一个人面对这黑沉沉的世界，我感到不寒而栗。

"姨妈……"我抖动的小手在二姨妈的肩胛上摸索。我摸到了柔滑如玉的肌肤和凸出的肩胛骨。

二姨妈一动不动，听凭我的手在她的背部游动。我一着急，用上了对付幼儿园小朋友的办法：我撩开二姨妈薄薄的丝绸小背心，把手伸进她的腰部挠她痒痒。二姨妈终于憋不住了，格格格地笑了起来。"坏坯子，挠挠这里。"她弯起一只手，指指背脊上的一块地方。

为了讨好二姨妈，我挠得很卖力，小手灵活地上下移动。

"这里也挠挠，还有这里。"

我老实地听从二姨妈的指挥，不断扩大搔挠的区域。我的手渐渐移到了她的腰部、髋部。

"手不要伸到下面去，就挠上面。"二姨妈喝斥道。

我的手触电般地回到了上面。二姨妈光洁柔润的皮肤渐渐变热，渐渐变潮。她哼哼唧唧的，一副很惬意很舒心的样子。我的手转了一圈之后，又回到了腰部附近。这次二姨妈没有提出警告，于是，我就有些放肆地把手探向对我来说充满诱惑和神秘的禁区。我听到二姨妈的哼唧声开始变得短促紧凑，便愈发的大胆，干脆把整只小手伸了进去，轻轻地挠向下面，再下面……

"坏坏子，死东西，坏坏子……"从二姨妈骂骂咧咧的声音里，我分明听到了一种奖励的意味，我更加肆无忌惮了。

"坏坏子，死……鬼……"二姨妈陶醉般地呻吟起来，铁床随着她身体的扭动而摇晃，而颤抖，而发出叮叮咚咚的歌唱。

"坏坏子，你说，你摸到什么啦？"

4

自从我来到这个世界，我就生活在一个女儿国。

母亲、姐、二姐、二姨妈，除了这些女儿国的主要成员之外，还有逢年过节常会来串门的表姐们。表姐们一个比一个漂亮，她们都长着大大的眼睛，皮肤都是白白的，黑眼睛白皮肤就好像是我们家族的徽记。表姐们都用旁人听不懂的家乡话交流，那清脆高亢、叽叽喳喳的乡音非常悦耳，犹如飞翔在我童年梦湖上的一群白鸽。很久以后我第一次听西方歌剧，竟然觉得耳熟，我确信，西方歌剧就像儿时表姐们的聒噪。

表姐们还会给我带来很多礼物。每次都让我心花怒放，但也给我增添不小的麻烦。表姐们给礼物之前，母亲总要让我叫人，这可难为我了。腼腆的我嘴唇嗫嚅老半天，嗓子仿佛哑了似的就是发不出声音，脸憋得通红通红，那时候母亲就很生气，连连摇头说：教也教不会，不知道像谁。

哥是这个家庭里除我之外的唯一男人。他在我的童年生活里给我留下了一个施暴的印象后便远走高飞了。

很久以后，我才知道他去的地方叫新疆。新疆在哪儿？我没有概念。只知道那是很远很远的一个地方，跟外国一样。我们再见时互相都认不出对方。我长得和他一样的高，他呢，两鬓已堆雪。

很多事情你只有回过头去才能用释然的目光触摸它的真相。

我是奔跑进我家小院的，我的额上汗水涔涔。那年的春天姗姗来迟，我家小院里的那棵高大的无花果刚刚长出新叶。微风吹过，绿茸茸的嫩叶发出刷刷的声响。我跑到家门口，忽地凝然不动了：我看到小板凳上坐着一个男人。他垂头丧气的，脚旁放着一只泥迹斑斑的旅行袋，像一具被击毙的兽尸。

我后来才知道那会儿工厂普遍裁员，一直住在郊县化工厂的哥被辞退了。

"骆驼。"哥抬起头叫我。

他枯槁疲倦沮丧的面容一定吓着我了，我迟疑片刻——突然撒腿跑出了院子。

我这一跑仿佛是一种预兆，它预示着我和哥之间的没有情分，它也预示着以后发生的那件事是不可避免的。

在哥居家的那段日子里，常常有一拨一拨的青年男女来找哥。他们拉琴唱歌，然后一个个喝得酩酊大醉。哥一会儿拉手风琴，一会儿吹笛子，有时还会穿起长衫来唱戏。那时候，我就会神情腼腆地坐在屋角的小凳上，眼珠滴溜溜地左右转动，好奇地观察着这群载歌载舞的男男女女。

哥需要在母亲下班之前把屋子收拾干净。那些人一走，他可就忙坏了。扫地，搬椅，擦桌，洗杯——有人喝醉，他还得清光地上的呕吐物。我安静地坐在一旁，看着哥在短短的时间里手忙脚乱地做完这一切，心里不免有些幸灾乐祸的感觉。有一次，一个小伙子喝多了，躺在我家竹椅上睡得像死猪一样。母亲下班的时间临近，哥就和另外一个小伙子把那个醉汉从我家抬走，我提着那个醉汉的两只大鞋子跟在后面，一直跟到醉汉的家。回家的路上，哥叮嘱我不许将他们喝酒的事告诉母亲。

后来我告诉母亲了吗？我想是告诉了。

要不是后来发生那件事，哥就不会对我下手那么狠了。

母亲最恨不诚实的人。我从小受着这样的教育。当然，那时我还不懂得当一个告密者同样也是不光彩的。幸运的是，在我以后的生涯里，我说过假话违心的话，但我再也没有当过告密者。

那件事是怎样发生的？我已记不清原委了。我只记得几个孩子一起围攻我，揍我，然后他们以兔子一样的速度逃走了。受了莫大委屈的我不知怎么的平生一股蛮勇，拼命追击那几个攻击我的人。殊料，快速奔跑中，我不小心碰倒了一辆停在路旁的手推粪车，粪便汩汩地流淌出来。于是，我又遭到了推粪车人的辱骂和殴打。

那天我真是倒霉透了。我哭丧着脸回家，把事情经过告诉哥，原本是想在他那儿得到一些抚慰和同情，谁知碰上哥那天的心情也不佳,他听完我的哭诉后说:与其让别人打,还不如我来打的好。我以为哥说说而已,谁知他朝我走过来,脱下我的裤子,拿起一把扫帚,重重地揍了起来。哥一边打我,一边还不许我哭。

我懵了。我不明白事情怎么会变得如此糟糕。我是在听到二姨妈骂骂咧咧的声音,才敢放声大哭的。那次如果没有二姨妈我就惨了。二姨妈的灰矮房和我家仅一墙之隔,中间有一扇厚厚的大木门平时都上了锁的。那天二姨妈情急之中甚至都来不及找钥匙,她拿起一把劈柴的斧子,砰地砸掉了锁,然后她不知哪来的力气,猛地拉开了那扇咿呀作响的大木门,矮小的二姨妈像一头猎犬似的扑向哥,她奋不顾身一把夺下哥手中的扫帚,左手顺势就给了哥一个耳光。她愤怒的大嗓门夹杂着我的哭声,飞出我家院子,在小街的上空盘旋。

"你干什么?!"哥捂着脸大吼。他被二姨妈突如其来的袭击激怒了。

"坏坯子!我叫你打,我叫你打!"二姨妈毫不示弱,抢来的扫帚现在成了她的武器,她挥舞着扫帚冲向前,扫帚发出的声音噼噼啪啪清脆无比。

"你有病啊你这个死老太婆!"恼羞成怒的哥奋力去夺二姨妈手中的扫帚。二姨妈死死抓住扫帚不放,相持了几个来回，哥突然一松手，二姨妈踉跄后退了几步，扑通一下跌坐在地。

"好呀，坏坯子，孽种，你就是这样对待长辈的！"二姨妈坐在地上依然骂声不绝。

二姨妈的骂声似乎提醒了哥，他竟然把"长辈"搞到地上去了，但他怒气未消，朝二姨妈狠狠瞪了一眼，疾步走出了院子。

本来二姨妈应该见好就收就此罢休的，这样也就不会发生后来的那一幕。她看到哥转身离去，一定以为长辈的威严还在，她从地上勉力站起，扔掉那把断了柄的扫帚，她朝外追去的时候还看了我一眼，好像要去为我复仇似的宽慰了我一句：不要哭。我的二姨妈跑出我家小院的时候，很有想象力地随手抄起一根晾衣服的长长的竹竿，二姨妈把自己看成是为我出征复仇的武士，而那根竹竿就是长矛。

那天母亲下班走回家，远远地看到小街两旁的林荫道上被围得水泄不通，她费了好大的劲才挤进人群，然后踮起脚跟，她想看看到底是哪一国的元首破天荒地光顾我们的小街。她看到的是一幕奇异的场景：在夹道站立的人群起哄下，母亲首先看到她的大儿子从她眼前一阵风地掠过，没过多久，她的二姐气喘吁吁地也跑来了，她满头大汗，双手紧握一根长长的竹竿，像一名撑杆跳运动员那样朝前碎步跑去。不一会儿，母亲听到了鹊起的一阵欢呼声，她朝右侧望去，她看到我们家的竹竿腾空而起，呼啸着追赶着已跑向夕阳的她的儿子。二姨妈在人们的鼓励声中显得无比妩媚无比矫健，此刻，她已经从一名撑杆跳运动员变成了标枪运动员。

这一天对我来说却是铭心刻骨的。在短短的一个小时里我受了三重体罚。而最够得上级别的是哥对我的毒打。他几乎是使出了浑身的解数，他的伟绩就是在我的屁股上留下几大片几日不消的青紫肿块，使得我整整一个星期卧床不起。

我半侧身子躺在床上，觉得外面的世界不安全，而内部的世界也不可靠。

也许是这一天的刺激太深了，哥离开这座城市的时候我毫无感觉。我只记得，母亲抱着我挤进一所人山人海的学校，后面跟着我的两个姐姐，穿着绿色军大衣的哥在一辆大客车上探出身子朝我们拼命招手。那天更吸引我的是喧天的锣鼓声。汽车启动后驶出学校，母亲抱着我一直尾随着汽车。母亲红着眼睛对我说："跟哥说再见。"但我什么也没说。嘈杂声锣鼓声对我很有利，它们的好处是可以让我蒙混过关。

如今想来，我当时那么记恨哥是没有道理的。他毕竟为我们家作了最大的牺牲。那时候我家的境况非常窘迫，靠母亲一个人的工资收入，是无论如何也维持不了全家的生活。母亲是在无可奈何的情况下，才接受一日三次上门来的里弄干部的动员，放哥成行的。

母亲后来是后悔了。在她的晚年，让哥去新疆这件事，始终像阴影一样缠住她使得她永远也无法安宁。

这是六十年代初。我没记错的话，那时我五岁。

5

哥走了之后，我的记忆出现了一段空白。时间光盘旋转，冬季在旋转中来临。

北风呼呼地吹。我听到我家院中那棵光秃秃的无花果树在风中瑟瑟打抖的呜咽声。紧闭的窗户微微震颤，发出瘆人的低吟声。哥一走，我就归姐管了。那时候，姐每天在家带我，幼小的我怎么可能了解姐内心的苦楚，她是最喜欢上学的，她最喜欢的学校她却不能去。

姐抬起头看了看我。那会儿我在做什么呢？那会儿我应该是伏在桌上神情认真地折着纸船。她又看了看嘀嗒嘀嗒作响的闹钟,她不知道我也在偷看她,我的心里喜滋滋的,我知道她在等谁。

姐大概是做完了那个人昨天送来的课外作业。那个人像是地下党的联络员,姐没去学校,但对学校里的事情了如指掌。

我长大后才知道,学校对姐来说意味着什么。

姐的学习成绩在全校是数一数二的。为此她在那个年代获得了一项殊荣:被指定和前来留学的长着一头棕色鬈发的俄罗斯姑娘交朋友。姐的书本里夹着她的照片,姐的照片也被那位外国姑娘常常带在身边。这令班上的其他女同学艳羡和妒忌。她们没有办法和姐比,虽然她们中间有的比姐长得漂亮,用来扎辫子的缎带也比姐的色彩鲜艳。姐写得一手秀丽的毛笔字,她的作文和水墨画常被陈列在学校的橱窗里展览。她文理皆优,每次考试结束,总能得到一大堆奖品。姐把所有的奖品珍藏在一只小木箱里,她期望等到高中毕业的那一天,小木箱里的奖品塞得满满的。

姐是那么迷恋学校,迷恋上课下课的铃声,迷恋校园里的林荫道、高耸的教学楼、长长的围廊以及每天早晨在那儿跑步诵读俄语的大操场。姐喜欢彼此相处融洽的校长、老师和男女同学,姐甚至也喜欢那些妒忌她的女同学。但姐不得不做出令她难过的选择：休学一年。哥走了以后，姐在女儿国里的地位迅速上升，她几乎就是半个家长。二姐读寄宿学校，一星期才回家一次；母亲三班倒，在丝绸厂纺机的轰鸣声中站八小时后，回到家腰酸背疼，根本没有精力做家务；年幼的我每天去幼儿园需要人接送照顾，姐不能眼巴巴看着母亲额上的皱纹因为发愁而一天天增多。

那时候姐不知道她的决定需要付出沉重的代价，当她步入中年回首往事的时候，她怎么也不会想到，休学这件事几乎就改变了她一生的命运。沿着记忆的河床溯流而上，曲曲折折的河道把姐带到岁月的深处探幽寻秘，姐发现十七岁那一年所做出的决定是至关重要的，差不多便是她一生不幸的源头。

假如姐有非凡的能力，那时候就预见到以后将要发生的一切，她还会那样做吗？过四十岁生日的这一天，姐躺在床上依然感到很茫然。既然虚幻的假设中姐都找不到答案，既然上帝赋予每个人的能力又是那样有限，那么姐这个要强的弱女子就只能拉上被角，躲在被窝里嘤嘤啜泣了。

姐又看了一次闹钟。我发现。屋外的小街上只有风在刷刷地走动。

我皱着眉头，嘴里发出咿咿呀呀的声音。一只纸船拆开后变成一张皱皱的纸，我怎么也无法使这张纸重新变成一只小船。我开始烦躁了，在几次努力遭到失败后，我很愤怒地将纸揉成一团。姐走过来，抚摸了一下我沮丧的大脑袋，她微笑着拿起一张白纸，转动灵巧的手，很快又折成了一只小船。我会心地笑了，在姐的指点下，我的折叠技术在迅速的进步。这时有人啪啪啪敲响了我家小院的篱笆门。

姐跑去拉开门问道："谁呀？"我认为姐是明知故问。

"是我。"站在门外的男人兴致勃勃地回答。

他夹着书本走了进来。他看到姐脸上的不悦神色，赶紧解释道："父亲今天从外地回来，我去车站接他，所以来迟了。"

姐似乎没有原谅他，虎着脸转身回到桌旁坐下。

"对不起。"他局促不安地站在院道中，暗淡的灯光拉长了他颀长瘦弱的身影。

我拽了一下他的裤腿，仰起头朝他眨眨眼睛，示意他走进屋来。他抱起我，慢吞吞地一步步走进灯光。我俯在他的耳边嘀咕了一句，他轻轻地笑了，笑声在屋内弥漫。

他给姐带来了今天课堂上老师所布置的全部作业。自从姐休学之后，无论刮风下雨，他都坚持给姐送来当天的作业。他知道姐想上大学的心思，知道姐休学是出于无奈。为此姐感激他。即使是发生了那次不愉快之后姐也最终还是原谅了他。

那次他说什么了？他说姐长得漂亮，不过是皮肤黑了一点，嘴唇厚了一点。他没想到他嗫嚅着恭维姐的时候无意间刺伤了姐。第二天晚上当他敲响篱笆门，姐拉灭了灯，把我抱上了小阁楼，任他在小街上走来走去。

那天晚上我发觉姐一直在装睡，她翻来覆去根本就没睡着。小街上落寞的脚步声不断敲击路面，我听到自己的心在咚咚地跳。

姐把他锁在门外足足有一个星期。他天天来，天天把工工整整抄在纸上的作业从门底下塞进小院。他的字写得很漂亮很潇洒。我不知道，那时候在姐的同学当中，他是不是唯一能让姐不停说话的男同学。我只记得，每次他来我们家姐就很开心，他们一起画画，一起练书法。也许就是因为姐想到了这些，那塞进小院天井里的一张张字迹端正的纸片才化作春天的暖流，涓涓涌入姐的胸中，融化那执拗的脾性。在一个月光如水的夜晚，姐终于没再阻止我去打开那扇紧闭的篱笆门。

姐做功课，他教我画画。画到一半，我大声嚷道："姐，他画你呐！"

姐夺过他手中的纸朝他瞪了一眼，三下两下把它撕了。

"姐真凶！"我摇晃着大脑袋大声嚷嚷。

"姐凶不凶？来，我们再画一张。"

"你敢！"

他的眼光在姐的逼视下躲躲闪闪。我咿哩哇啦又叫又闹。

"我们画一张别的好吗？"他宽慰着我。他很快又画了张速写。

"这是谁啊？"我问他。

他笑而不答。

"姐，这是谁啊？"我拉着姐的衣袖摇晃。

姐抬起头，看到一个戴着六角帽、留两撇胡子的老人。

"是阿凡提吧？"姐说。

他微笑着颔颔首。

"阿凡提是谁啊？"我突然发问。

于是，他给我讲了许多关于阿凡提的故事。在他娓娓风趣的叙说间隙，我不停地发出清脆的笑声。姐被我的笑声感染了，抬起头斜睨了他一眼。

"我们等姐做完功课再讲好吗？"他说。

"不要不要，"我大声嚷道，"再讲一个阿凡提的故事。"

他朝姐看看，做出一副无可奈何的样子。

"有一天啊,阿凡提喝醉了。他的朋友也喝醉了。可他们俩谁也不承认自己醉了。他们在街上走着走着,天就黑下来了。阿凡提的朋友拧亮手中的电筒对阿凡提说:你如果没醉的话就沿着手电光爬上去。阿凡提说:去你的吧,我才不上你当哩。我要是爬上去,你把手电按灭了,我不就摔下来了?"

姐扑哧一声笑了。我看看姐,又看看他,不明白这个故事好笑在什么地方。

"阿凡提的年代有手电筒吗?亏你想得出来。"姐朝他瞪瞪眼睛。

姐很快做完了作业。姐和他开始下象棋。

姐在学校女子象棋比赛中得过冠军,但姐不是他的对手。姐不服气,发誓一定要赢他。

"姐耍赖!姐悔棋!"我很认真地履行裁判的职责。

姐把我揽到身边。"帮姐赢他好吗?"

"好。"我真的煞有介事地思考起来。一只手臂支撑着大脑袋,一副想得很苦的模样。

"告诉姐,下一步该怎么走?"

我拿起姐的一只"炮",高高举过头顶,然后重重地放在棋盘上。

姐和他几乎是同时叫出声来:"好棋!"

姐捧起我的脸蛋使劲地亲我。我得意地挥舞双手,被啧啧的称赞声搞得晕晕乎乎。

"你教过他下棋吗?"他问姐。

"没有,从来没有。骆驼是个天才。"

这一局棋在一派幸福的气氛中下完了。姐赢了,赢得是那么高兴;他输了,输得也高兴。

姐把他送出院门的时候,还在与他商量以后怎样培养我在下棋方面的才能。

"以后我来教他。"当他们沐浴在月光下的时候,他这样说。

"嗯。"姐点点头,眼光第一次在他面前表现得如此柔顺。

他的背影在昏沉沉的路灯的光晕里渐渐缩小。姐关上篱笆门,返身回屋。这时她听到我发出哼哼唧唧的呻吟声。

姐丧魂落魄地飞快朝我奔来,我捂着半边脸痛苦不堪。

"你怎么啦?"姐俯下身子,摸摸我的额头。

"我耳朵痛。"

姐知道我的中耳炎又犯了。她把我背上小阁楼,帮我脱了鞋放倒在床上,然后躺在我的身旁,用手在我的耳畔轻轻揉着。

我被病痛折磨的样子一定让姐很难受。她知道我喜欢听她唱歌,于是她在我的痛苦呻吟中轻轻地唱了起来:

在路旁呵在路旁呵有个树林，
孤孤单单人们叫它桑里塔，
在树林里住着一位美丽的姑娘，
一见她我就神魂飘荡。

……我的呻吟声在姐的歌唱里渐渐变小。在姐的歌声中我看到我躺在襁褓里被奶妈抱走，姐哭喊着拉着奶妈的衣服不让她把我带走。

为什么要让那个奶妈把骆驼带到乡下去，为什么？

我没有奶，母亲很多年以后说她那时候没有奶。

那个奶妈拿了我们的钱为什么把骆驼绑在摇篮里让他一个人哭？

她也没办法，那时正是大跃进时期，她要下田干活，只好把骆驼绑在摇篮里。

我被绑在摇篮里不停地哭啊哭，泪水汩汩流进耳朵，中耳炎的毛病就这样落下了。

姐又唱起了《渔光曲》。唱完《渔光曲》，姐接着唱《莫斯科郊外的晚上》，唱完《莫斯科郊外的晚上》，姐又唱《卡秋莎》。这些歌姐都是跟母亲学的。母亲最喜欢《渔光曲》。母亲抱着我去医院的路上经常哼给我听的就是《渔光曲》。姐拿着我厚厚的病历卡跟在母亲身后把《渔光曲》一字不差全记下来了。

现在姐吟唱着这些歌，唱得很忘情。过去了的往事一幕幕重现交叠在姐的眼前。姐的歌声是麻醉剂，我的病痛逐渐被分解，被驱散，我在姐的歌声中耷拉下眼皮，缓缓朝梦乡飞去。

月光透进窗来，在我和姐的身上缓缓流淌。我在抵达梦乡的一瞬间，懵懂中依稀觉得姐别过头去，从枕边找出手绢，偷偷擦拭眼角的泪珠。

第二章

6

那个女人走进小街的那天早晨,一群喜鹊停留在我家小院的那棵无花果树上,它们叽叽喳喳地啁啾,在阁楼的窗棂前飞来飞去,划出一道道稍纵即逝的弧线。

我曾无数次地幻想,金黄色的阳光洒满小街的某一天,身长翅膀的天使驾驭马车从天而降,在小街两旁房屋构成的峡谷中徐徐滑落,它们要将我带走,去那遥远的天边外。

那个女人走来的早晨,小街就铺满了金黄色的阳光。身穿套装体态丰腴的她袅袅走入小街,吸引了不少好奇的目光。

她在我家小院的篱笆门前停住了。

她梳得很整齐的头发边缘上镶着一层阳光。我的目光试图探寻她的身后，阳光突然变黑，模糊了我的视线。

女人微笑着把一张剪成苹果型的硬纸递给我。硬纸上写有"一年级六班"的字样。

"叫老师。"姐推推我。

"老师。"我用怯怯的目光盯着女人的耳朵。那儿长着一颗硕大的肉痣。在金黄色阳光背景上，我看到了肉痣周围细细的茸毛。

一切像是预先安排好的，老师从姐手中接过书包，挎在我的肩上，然后搀着我的手走出了小院。

街上到处弥漫着阳光。高高的楼房，矗立道旁的一棵棵梧桐树，都被涂抹成了金色。来来往往的行人不断闪现，整个世界像是一只旋转的万花筒。我小心翼翼地跟着老师走去，觉得行人都在注视着自己。我仰头看了看老师，我又看到了那颗肉痣。她为什么会长这么个玩意儿，我蹙眉苦思着。

直到现在我都不明白，那天老师为什么要来接我到学校去。在我家附近，和我同一天上学的同班同学大约有五六个，老师一个都没去接他们，她偏偏走进了我家的小院。

去学校的路上，她很少说话，但她的目光告诉我，她好像在很久很久以前便知道了我和我家的所有秘密。她如同一个遥远地方派来的使者，来照拂一颗日后注定要备受世间磨难的心灵。在我以后的命途上，像老师这样善良的人还有很多，她们几乎全是女人，她们和我一见如故，当我恐惧而陌生的目光与她们意味深长的凝视初次对接的一刹那，我便仿佛找到了我的保护神。我到过我们这个国家的许多地方，我像得了某种病似的痴痴迷恋山水绿荫，只要依傍着一棵枝叶茂密的绿树，面对一片微微荡漾的清波，我就会听到那来自天国的圣乐。柔水，绿色，音乐，它们让一颗浮躁悸动的心得到安宁。这个世界不能没有它们，正像这个世界不能没有女人一样。当我骑着自行车慢慢流转在街上，一个个面容姣好且充满生命活力的女孩映入我的眼帘，当我厌倦了尘世的纷争和倾轧，静静地躺在我所喜欢的女人的双乳间，我便会觉得自己是在一片湖水上轻轻摇晃，周身笼罩着阳光般温柔的旋律，这时我才想到这个世界有让人活下去的充分理由。

学校到了。

我看到很多和自己一样大的孩子被大人引领着兴高采烈地拥入校门口。还有一些比我大的学生三五成群聚集在一块，他们点点戳戳，交头接耳地议论着。

你们看，老师领着她的儿子来上学了。一个男孩像发现什么秘密似的嚷道。

男孩周围的学生刷一下全把目光扫了过来。

我的脚步变得迟疑起来，被老师捏在掌心的那只小手慢慢收缩移动，然后一用力，挣脱开来沉重地坠下。我用一种迷惘的目光仰望老师的脸庞。

老师的脸上浮起一团红晕。她看看那些学生，又看看我，俯下身子坚决地重新握起我的手，跨着大步走进校门。

吁——

我听到背后传来一片起哄声。

老师的手捏得很紧，很有力，我感到自己的手甚至有些隐隐作痛。

我们沿着长长的水泥甬道走去。道旁一些学生在打乒乓球，在沙坑里摔跤。篱笆围起的操场上人声鼎沸，麦克风里一个男人大声呼叫着。操场的后面是高高的教学楼。老师领着我拐进操场，我看到操场上站满了刚入校的新生，喊喊喳喳的声音像是满天的鸟雀从我头上覆盖下来。嗡的一声，我感到一阵耳鸣，脑袋即刻晕眩起来。

我糊里糊涂地被老师带到一支队伍的末尾，老师对我轻轻说了一句"你就排在这儿"，然后便走向了主席台。

我第一次置身于茫茫的人群，偷偷抬起低垂的脑袋朝四周扫视了一圈，我感到前后左右许许多多的目光都在打量自己，仿佛我是贸然闯进羊群的一只不受欢迎的兽类。我微微抖索了一下，似乎有浩浩森森的大水朝我涌过来涌过来，将我整个儿吞没。我甚至都来不及发出一声呼叫，大水便缠住我向湖底坠落。混沌的湖水随着咕噜噜的气泡声迅速上升。

我闭上眼睛，听任湖水疯狂地舞蹈。

那片大水深藏在绿茸茸的青草和浮萍下面。我追逐着一只蜻蜓渐渐地就从表姐们身边跑远了。正在田野上挑担的大表姐一转身，发现我从天地间消失了。远远地，只有一株浮萍摇摇晃晃，像是传递消息的信使。

我睁开眼睛，发觉大表姐抱着自己。她湿漉漉的头发上有一滴滴水珠掉落在我的额上。我被倒挂起来，只觉得灰蒙蒙的天空在我脚底旋转。堵在胸口的积水顺着我的食道汩汩流淌，我憋足劲，发出一声凄厉的长嚎……

我被人推了一把。推我的是一个女孩。女孩高高的额头下长着一双沉凹的大眼睛。女孩甜甜地笑着，示意我跟上已经离去的队伍。

我走了很远，又回过头去。女孩一边走一边朝我扮着鬼脸。一只大红的书包在她的腿侧晃荡不已。一丝微笑在我的嘴角漾开。

要是和她在一个班上……要是和她坐在一起那该多好。我随着队伍走进教学楼，心里扑通扑通跳个不停。

老师站在教室门口。队伍鱼贯而入。

我走进教室，目光便开始急切地寻找。没有那双深凹的大眼睛，我的心情倏地沉到了深黑的井底。

老师将我带到第一排的最后一个座位旁边，对我说：

"你眼睛好，就坐最后一排吧。"她问也没问过我，怎么就知道我眼睛好呢？

我正在纳闷，老师又将一个女孩带来，安排在我的旁边。我的同桌长着圆圆的脸，梳着一个童花头。她似乎很高兴能够坐在我的边上，坐下后她挨得很近地告诉我，她的名字叫苹果。

我沮丧地垂着头。苹果靠过来的时候喷了一股气味。我皱紧眉头，完了，我觉得自己的将来就这样被固定在那股难闻的气味之中。这种固定令我害怕。

我们从小就开始习惯被人固定在某一个座位上，不管你喜欢它还是不喜欢它，你都得接受这样一种固定。对大多数人来说，固定并不可怕。他们习惯别人为自己安排好的生活，恰如他们习惯日出而起日落而息一样。他们并不觉得这样有什么不好。倘若每个人都要别出心裁，这个世界还有什么秩序可言？让他们继续照此生活下去吧，让他们为一种秩序津津乐道吧。问题是还有另外一些人，他们恐惧固定。很多年以后，一位眼睛里透出绝望神色的姑娘对我这样说：像你这样的人是不配结婚，不配和别人生活在一起的。只有等到你老了,满头白发了,你才会感到后悔。可那时已经晚了,你就一个人无依无靠顾影自怜,吞下你自己种下的苦果吧。姑娘说完这番振聋发聩的话,气咻咻地走了,这一走便再也没有回来。

应该把我这样的人叫作什么呢?流浪儿,云游僧,还是按我母亲的说法叫作孤僻相?这样的人骨子里仇恨固定,这样的人生来要反抗固定。

我一把推开那个叫苹果的女孩,冲出了教室,在走廊里飞跑起来。

我的身后是一片喧哗声。

跑过了几个教室的门口,我回头一看,老师追来了,她的身后还跟着一大帮我的同学。

追赶我的还有老师急切的喊叫声。教室的一扇扇门洞里,不断有人跑出来,跑出来,大家都要来阻截捉拿这个不服固定的坏孩子。

穿越走廊尽头,一扇拱形门外,是一块几平方大的阳台。校工正要在阳台的四周安装铁栅栏,此刻是上课前夕,几个校工蹲在一个角落抽烟闲聊,角铁工具堆了一地。

我跑到阳台,才发觉自己被逼到了绝路。拱形门里拥出了老师,她突然刹住脚步,伸出双臂,用力挡住她背后不断拥出的教师和学生。拱形门里像有千军万马要冲出,老师丰腴的身体此刻显得如此单薄羸弱，她为了控制平衡，身子后仰，脚尖踩着碎步，被慢慢聚拢来的力量推搡着一点点朝前挪动。

包围圈渐渐缩小。一个校工从左侧，另一个校工从右侧朝我迂回过来。我感到自己是一只小鸡，弱小且孤立无援，围过来的是一群鹰，一群伸着爪子扑向我要吃掉我的兀鹰。我不得不朝阳台边缘移动，身后是云雾缭绕的蓝天，我微微张开手臂就像张开翅膀，深深地吸了一口气，我想，只要这些围堵我的人再上前一步，我便腾空而起，跃上蓝天，像鸽子一样自由翱翔——

这时候，老师已放弃挡住拱形门的努力，她朝那两个校工连连摆手，迭声说："不要，不要——"

可阳台上已围聚了太多的人，嘈杂声覆盖了她的恳求。我眼睛的余光里，两名校工还在悄悄地挪动。

这时候传来了一声撕心裂肺的尖厉哭喊："不要！不要逼他——"

我的魂，就是这样被叫回来的。

我已忘了我是怎么重新回到自己座位上的。

"同学们，今天是开学的第一天，坐在这个教室里的人都是一年级六班的同学，我呢，就是六班的班主任兼音乐老师，我希望六班的同学就像一家人一样。刚才发生了一点意外,老师现在要求同学们把这件事情忘掉,下课以后也不要再议论这件事情——"

老师表情平静地说着,她的目光扫过来扫过去,但就是不看我。

7

苹果侧过头来,那股难闻的气味重新充斥于我的鼻腔和胸腔。我把手覆在苹果的脸蛋上,用力一推,苹果的脑袋僵硬地倒向了一边。之后我又用臂肘顶住苹果的腰部,使她不得不从长椅上往外溜去。她用手撑住快要倾斜的身体,回过头来用迷惑不解的眼睛盯视我。

我涨红着脸,一只手高高举起,然后像一把刀,往桌子的中间砍下去,砍出一条无形的分界线。

苹果张大惊恐的眼睛刚欲说什么,一声清脆的上课铃声响起,她只得咽下已在嘴边的话,坐直身体,双眼朝前正视。

老师给每个同学分发一张表格。老师给前面的同学发了几张以后对大家说:我们现在请同学们推举一位代表协助老师一起发表格。

全班一阵骚动。

不一会儿，一位调皮的男同学将他的同桌从座位上推到过道里，被推到过道里的女同学戴着一副深度近视眼镜，镜片像啤酒瓶那么厚，一只眼睛还有些斜视。她红着脸，似一头受惊的小鹿手足无措。

同学们哄堂大笑。

我被笑声惊醒，抬起头，看到老师用严厉的目光盯着那个调皮的男同学。老师的嘴唇蠕动着，整个脸部受到牵动后，那颗硕大的肉痣也微微抖颤。我突然想到家中小院里那棵树上的无花果被风吹拂着的景象。无花果，一个念头强烈地占据我的脑海。

这时，我听到老师叫我的名字。我在一种懵懵懂懂的状态下走到讲台前，老师把一叠表格交到我手里，然后轻轻抚摸着我的后脑勺说："你来给大家发表格好吗？"

我低着头沿着座位把一张张表格机械地放在同学们的桌前。

"你是老师的干儿子吗？"我听到有人压低嗓子在问。

我的眼皮一阵跳动，定了定神，我看到一张夸张变形的鬼脸：是刚才那个恶作剧的男同学。他也许觉得这样不过瘾，接着又突然高声嚷道："老师，我问他他不说，他是你的干儿子吗？"

教室里又爆发一阵哄笑声。

"过山风，你如果再捣蛋的话，我就请你到教室外面去。"老师说。她找到了刚才想说而未能说的话。

那个叫过山风的男同学老实了。教室里一下变得鸦雀无声。

表格发完后我回到自己的座位，苹果迎接我的目光里有一种混合骄傲、艳羡和佩服的神情。在那一瞬间，我的心里感到好受些，有一种难熬被排遣，有一种舒缓在漫漶，我似乎还暗暗有些得意。不过我依然对苹果表现得很冷淡。

老师开始详细交代填写表格的注意事项，接着又介绍了学校的概况和第一学期的学习课程。第一节课很快过去了。

课余休息期间，我仍木然地坐在自己的座位上。我害怕走出教室。万一我走出去又有许多人围上来，把我当成一个怪物，那我就惨了。苹果也往外走了，我盯着她的背影，她走到黑板那儿，她的脚下踢到了一截短短的白色粉笔头，我的眼睛为之一亮。我环视四周，教室里仅留几个人，且没人注意我，我突然闪电般地跑过去，从地上捡起那截粉笔头，紧紧攥在手里，然后又闪电般地跑回座位。也许我攥得太紧了，我感到手心都沁出汗了。

049

苹果随着上课铃声回到教室，她走到自己的座位前，看到课桌中间被粉笔重重地画了一道白色分界线。那是一条三八线。苹果看看我，我目视正前方，板着脸，身体僵硬地坐着。

第二节是算术课。老师讲完课，给同学布置了几道课堂练习题。

我在纸上飞快地做着习题。做完后我开始核对，把练习簿竖在自己的面前。这时我闻到了一股难闻的气味，我转过眼睛，看到苹果越过了分界线，把头凑过来偷看。我恼怒地指了指粉笔画成的白线，示意苹果迅速回三八线的那边去。苹果似乎对我发出的警告毫不在意，她依然把圆圆的脸蛋凑得很近，一双眼睛在我的练习簿上贪婪地扫来扫去。我用胳膊肘顶她推她都无济于事，一着急，我拿起削得很尖的铅笔，在苹果伸过来的红扑扑的脸腮上狠狠地戳了一下，苹果发出一声尖叫，迅疾用手捂住脸。

老师和同学们迅速都把眼光扫过来。他们看到我和苹果低着头，不知发生了什么事。

快到下课的时候，我斜睨了一眼苹果，苹果的脸腮上刚才被戳痛的地方红肿起来，肿块中央还有一个黑黑的圆点。我惊呆了，我为自己能够这样残忍地刺伤别人而感到不安。

是她自己不好。偷看别人作业的难道不是小偷吗？不一会儿，我又找到了宽慰自己的理由。

也许谁也没有统计过，在那些年月里，一个中国人要填写多少张表格。当你想要和这个社会发生联系，例如入学，例如加入少先队，参加红小兵组织红卫兵组织，例如从一个部门转入另外一个部门，差不多在你人生道路上的每一关头，你都要填写一份份表格。你在这些表格里必须非常清楚地写明你的情况，你家庭的情况，你从哪里来，你的父母从哪里来，你父母的父母从哪里来，又到哪里去。因此我们在填写表格的时候，实际上是在经受一次次家族史的回忆和拷问。我们不得不常常打扰那些兴许早已长眠于九泉之下的先辈灵魂。按照一种约定俗成的原则，那些先辈对这个世界的态度是你对这个世界的态度的源和根，你的将要展开的历史便是那些亡灵曾经拥有过的历史的延续和伸展。那么，我们一旦降临这个世界，我们已置身于家族历史巨影的笼罩之下，我们怎样想怎么样做都无不打上家族的烙印。我们最好是什么也不想什么也不做，因为自从你出世后便注定要活在别人为你安排好的境遇里。或者说你将永远活在别人的目光里。先人的目光，世人的目光，这些目光汇聚在一起，便是那一张张规整的呈网状的表格。世界对你来说充满了奥秘，你对这个世界却毫无隐秘可言。人们只要翻阅一下那些存档的表格，你就像一个模特儿，一丝不挂地暴露在光天化日之下，接受世人苛刻的审视。

我们还能做什么？

我们别无选择。

我们只有去流浪。

从一个流浪儿那儿，你是无法打听出他从哪里来又到哪里去的隐秘。一个流浪儿还有隐秘，还有一个不为人所知的世界任他驰骋。

我站在历史的这一端，看到童年的自己从跑道上跨跃一张张履历表，他的每一次跨越腾挪都那样沉重那样艰难。他的脚步踉踉跄跄，在每一道栏杆前，他都显得有些胆战心惊。他神情恍惚，嘴里嘟嘟哝哝，仿佛是面对一道道刑具，仿佛是有人在给他念着紧箍咒。

我第一次将表格带回家的那天，兴许还不知道这份表格对我来说意味着什么，不知道别人已经为我这样的人创造了一个颇具幽默感的词，这个词叫作"可以教育好的子女"。这个词的意思是：你本身就是一个坏种，经过大家的努力，你还有点希望，还有可能不往更坏的方向发展。

你看到汉语言的全部魅力了吗？你为自己的民族拥有

这样丰富机智又俏皮的语言感到欣慰了吗？你增强了一点自信心了吗？

所以，当母亲和姐、还有二姨妈坐在灯下愁眉苦脸，一副为难的样子，我不知道放在桌上的那张表格给她们带来了什么麻烦。

表格上的所有栏目姐都填写完了，唯独空着"家庭出身"这一栏。

"骆驼从小由我带大，我是工人，当然应该填工人。"母亲说。她的目光定定地看着窗外。

"你又不是不知道，以前我这样填都给退回来的。"姐说。

"那填什么？不填工人以后他在学校里还怎么做人？"二姨妈的嗓门很大。

"我也不知道应该填什么。反正填工人是不行的。"姐嘟哝道。

"唉，随便你填什么。"母亲显得有些不耐烦了。

"要不明天去问问老师应该怎么填。我看骆驼的老师人不错。"姐说。

母亲刚欲说什么，小院外的篱笆门啪啪啪地敲响了。我以为是姐的同学来了，兴冲冲地跑了出去。打开门，一下愣住了：门外站着苹果和一个高大的中年男人。

"他是我爸爸，是来找你算账的。"苹果底气很足地对我说。

"你怎么可以这样欺负别人？"当母亲听了苹果的述说后责问我道。

我坐在灯光下，低着头像一个小犯人。我心里想好了：无论他们说什么，我什么都不回答。

苹果的父亲把女儿的脸端到我面前说："你看看，都肿起来了。"

一股难闻的气味熏得我不得不抬起头来，苹果的鼻子翘得很高，一副得意的神态像在展示什么值得炫耀的东西。

活该。我在心里反抗道。

"你小小的年纪怎么能这样狠毒呢？"苹果的父亲继续说道。"她有什么不对的地方，你可以告诉老师可以告诉家长，怎么可以动手呢？就凭你是男孩？那么我比你力气大，是不是也可以因为你犯了错误而对你动手呢？"

我低着头一声不吭。

后来，母亲和姐姐要我向苹果赔礼道歉，我紧闭着嘴唇，脑袋耷拉下来，像棵蔫了的向日葵。

这天晚上，我始终没有开口说话。我既没有为自己的行为辩护，也没有承认自己的错误。我觉得如果指出苹果偷看自己的作业，那我就同被我瞧不起的苹果一样的不光彩了。小孩的事情告诉大人，学校的事情告诉家长，这在我看来，那就等同于告密。我之所以很长一段时间里把不当告密者作为做人的准则，很大程度上就是因为想到告密者，眼前就会浮现苹果站在灯光下那副得意的神情。

这一做人准则使得我在以后的成长历史里常常陷入困境。

最后是母亲替我向苹果和苹果的父亲赔不是的。我仅仅是在苹果的父亲要我许诺今后无论发生什么事都不得对苹果动手的时候点了点头。

母亲送他们出门，苹果的父亲边往外走边说了一番话。这番话几年后我每每想起就会有一种耻辱感。

苹果的父亲是对母亲这样说的：

"我下午去了学校，找了组织，对你们的家庭情况有所了解。像你们这样成分不好的家庭，更要注意对子女的教育。"

苹果为她父亲的这番话付出了不小的代价。

整整六年里，她的同桌没有和她说过一句话。当苹果忘了脸上的伤痛，屡次借着各种机会想与我和好，都遭到我冷酷无情的拒绝。她从家里拿来许多精彩的连环画，从而想以此诱惑我，结果是一次次落空。我似乎是铁了心。

"我们不理睬他",我牢牢记着一部电影里斯大林同志说的一句话。

我就是这样来实施对告密者的报复的。六年间,我与苹果唯一可能产生交流的一件事就发生在上下课短短几秒钟的时间里。千篇一律的,常年不变的情形是这样的:我从座位上站起,表示要离去,苹果就侧过身子给我让道;我从外面走进教室,苹果早早地站起,等候我入座。

十年以后,我即将离开这座城市奔赴遥远的海边,我和苹果并肩伏在教室的窗台上眺望鳞次栉比的屋脊,回忆已经流逝的小学时光。那时候苹果说,小学时期给她记忆最深、令她最为痛苦的一件事,便是我对她的冷落。

你这个人看上去很文静,很谦和,但谁要是伤害了你,你会一辈子铭心刻骨地恨他。

苹果这样说。

8

我从小被两种疾病所折磨,一是中耳炎,一是扁桃腺炎。

中耳炎发作之前常常伴着耳鸣头晕,像有无数架飞机盘旋头顶。我躺在床上，飞机鸟群般一阵阵俯冲下来，嗡嗡声不绝于耳。渐渐地，耳朵开始隐隐作痛，逐步加剧后疼痛感向喉部、头部、胸部扩散，我如同一头任人宰割的牛羊，绝望地沉落在无边的深渊里。那时候我的嘴里念念有词，仿佛是痛苦的呻吟，又仿佛是一种无意识的祈祷。日长月久，每当耳鸣声响起，我就会以忏悔的心情准备去接受病痛的折磨，我会想到自己可能又犯了什么错误。有时候实在回想不起来自己的过错，就把大声说笑、吃东西太多、收到一件令人兴奋的礼物也当作是病痛要惩罚自己的缘由。我开始变得小心翼翼，不大声说话，不放声大笑，慢慢地，我甚至连话都说得越来越少。

　　扁桃腺炎的发病情形则相反。它说来就来，事先没有任何预兆。它不像中耳炎那样，疼痛感是一阵阵浪涛拍岸般的袭来，它更像是一堆点燃的柴禾，轰的一声，当我感觉到了它的出现，已浑身滚烫，处于烈焰的熊熊燃烧之中了。感冒，中耳炎，疲劳过度或兴奋过度都会导致扁桃腺炎的发作。那时候，常常是深更半夜，母亲和姐从梦中被我吱吱唔唔的声响吵醒，她们一摸我的额头，烫得怕人，赶紧抱我去医院挂急诊。一路上我昏昏沉沉，不省人事，到了医院一量体温，三十八度三十九度，有时甚至是四十度还多，医生护士忙乱不堪，马上给我打针，吊盐水。我已记不清了，我的屁股上曾被扎过多少个窟窿，以至于后来我根本不把打针服药这一类事放在心上。在注射室里，我常常是护士教育其他孩子的榜样。因为常去医院，医生护士也都认识我。一坐上病人的候诊椅，医生不用翻病历卡，不用询问病史和病兆，只需简单地问一句是中耳炎还是扁桃腺炎，便可开药方了。

有一次给我看病的是一位我所不认识的医生。当时我正烧得昏昏沉沉，在立地灯的照射下，耷拉着脑袋哼哼唧唧。过了一会儿，我依稀听到一个男子粗重嗓音的问话：哪里不舒服？我掀起眼帘，看到一张皱纹很多的脸上挂着慈祥的微笑。这是一位五十多岁的中年医生。他的头上箍着反光镜，一双隐藏在暗影里的眼睛又深邃又庄重，与这样的眼睛对视，你需要几倍的勇气和力量。就我当时很浅的阅历，经受不住这双令人震慑令人难忘的眼睛，我低下了脑袋。

这时，旁边的母亲凑了上来，与医生交谈了一番。医生一边听母亲诉说我的病情，一边缓缓翻阅了几页那本厚厚的病历卡。最后，医生沉吟良久，说出了一句在我当时听来十分恐惧的话：最好是开刀，摘除扁桃腺。

母亲大概也着急了，赶紧说："其他医生说年龄太小，开刀恐怕……"

"不做切除手术，经常发烧，对孩子的身心健康不利。再说，人体器官都是相互影响的，不根除扁桃腺，中耳炎也不会好。"

"那开刀的话，对我儿子的身体会有什么影响？"

"影响嘛总会有一些。理论上说，人身上的每一个器官都有它自己的作用。扁桃腺炎本来对孩子来说是一种常见的病，可像你儿子这样的病例，凭我的经验还是摘除的好。这叫两害相较取其轻。"

"非得动手术吗？"

"我想是的。"医生沉吟片刻，问道："你儿子的学习成绩怎么样？"

"很好，考试都是第一名。"

医生站起来，对母亲说了句"你跟我来一下"，径自朝屏风外走去。

母亲跟着医生走出了诊室。后来我感到尿急，护士带我穿过长长的走廊去洗手间。过道两旁的长椅上坐满了候诊的病人。

我是在回诊室的时候无意间听到了医生对母亲说的一番话：

"……"

"根据你说的这些情况，你儿子是一个特别敏感的人，敏感到有些……异常,他的自闭,不爱说话,都和他的心理状况有关。他的心理处于健康的边缘。他感受痛苦的程度与别人不同。同样的病对别人来说也许算不了什么,而对你儿子就可能发生很大的影响。明白我的意思吗?"

不明白。我是说我当时肯定不明白。

我现在也不明白那位医生为什么会说出这样一番与他的五官科专业似乎并不相干的话来。仅仅见了一次面,他就像一位相面师,预言了我的将来。经过了几十年的风风雨雨,回过头去审视一下发生的事情,我感到不寒而栗。我确实被医生不幸言中。我的眼前常会浮现医生额前的那面反光镜,常会浮现深藏反光镜后面的那双神秘的眼睛。反光镜是借助灯光窥视病人器官的,那双眼睛又是借助什么深入我的心灵?

于是,我冥想到一个莫名其妙的问题:这个富有经验的医生是从哪里来的?

事过十几年后的有一天,我过二十岁生日。那次我是从海边逃回来过生日的。我骑着车在街上采购物品,不知不觉路过了医院门口。当时不知道出于什么缘由,我被一阵冲动所驱使,贸贸然走进了医院大门。在五官科的走廊里,一位身穿白大褂的漂亮护士挡住了我。我指着房间的一只座位大声问道:"人呢?"

护士先是一愣,继而爆发一阵格格的清脆笑声:"哪个人?你问谁呢?"

"医生。"我说是医生。

"医生?"护士说这儿有很多医生。

我大声给她描绘医生的面容。我说话时的声音很响,惊动了房间里的人。他们都回过头来用一种奇怪的目光看着我。这时,坐在角落里的一位上了年纪的医生突然发话了:

"他问的大概是主任。他去世了,前几年的事。"

我不知道自己是怎么走出医院的。那一天我像丢了魂似的一直提不起精神来。晚饭的时候,我几次将酒杯碰翻,酒液在桌面上流淌,滴落在我的裤腿上,洇进我的肌肤。坐在旁边的姐以为我是为年龄的增长而忧伤,说了些不着边际的宽慰我的话。

一个人的死讯就这样笼罩了另一个人的生日。这个生日黯淡而无光彩。我回想起那个已悄然离世的人是怎样搀着我的手走进手术室的门廊,他捏着我的手,捏得很紧,很有力,他步履稳健神态平静,仿佛不是领着一个涉世未久的孩子去体验一次痛苦的感觉,倒像是一位父亲带着他的儿子去逛动物园。

我第二次坐在医生对面的时候,他用蘸水笔在病历卡上写下四个遒劲有力的字：手术治疗。

大概是看到母亲的神情还有些迟疑，桌子对面的一位年轻女医生对母亲说："主任给你儿子动手术你还怕什么？主任一般是不轻易给病人开刀的。"然后她又朝我眨眨眼睛说："嗨，你运气真好。"

那个夏天的早晨，护士用灌了紫色药液的针筒给我注射后，母亲陪我坐在医院长廊的白色椅子上等候。窗外热烘烘的，树上的知了不停地鸣唱。不时有护士和病人从我们前面穿梭而过。我的身体像泡在冰水里似的一阵阵发抖。我斜乜了一眼那扇写有"手术室"字样的玻璃门，我对玻璃门里面的世界充满了恐惧。

这时候一个穿着蓝白条纹的女病人从楼梯那儿匆匆跑来，她跑得太快，像一阵风，拐弯时她的膝盖碰撞到了走廊一侧突出的椅角，她疼得扭歪了脸，手捂着大腿一瘸一拐地离去。

突然，我的膝盖剧烈地疼痛起来，不一会儿，我的手心里全是汗。

母亲听到了我的哼唧声，她转过头，看到我的额上沁出一颗颗汗珠。母亲摸摸我的额头说你怎么啦？她一定以为我又犯病了。

我也不知道怎么了，膝盖一遍遍剧痛经久不散。

母亲说别怕开完刀便可以吃冰砖了。

来医院之前,我无数次用可以吃冰砖来排解自己的胆怯和动摇。可是过一会儿,我将被抛进那个不可知的世界,躺在手术台上,聆听手术刀划开皮肉的嘶嘶声,那时候还有谁来救我呢?母亲救不了我,冰砖也救不了我。

正在我被膝痛和一种孤立无援的情绪所折磨的时候,医生走过来了。他摸了摸我的额头,又抬起我的手臂,察看了一下注射试验针的地方,他说很好,然后搀起我的手向手术室走去。一位护士推来一张滑轮床,医生朝她摇摇手,示意她用不着。

说来也奇怪,医生领着我走过长长的走廊,自始至终他没说一句宽慰我的话,而我的小手被他捏在掌心里却感到很安定,很可靠。他仅仅在推开手术室玻璃门之后,用他的另一只手覆在我的小手上轻轻拍了拍,我们目光对接的一刹那,我的心里升起了一种朦朦胧胧的异样感觉。

我们一直走到走廊的尽头,医生推开一间手术室的门,几个护士迎了过来。医生把我交给一个护士后,便走到更衣室。他再走出来的时候,已戴上白帽口罩,一个护士替他系着手术衣后面的绳扣。

我被两个护士扛上手术台,一盏巨大的无影灯悬在我的头顶。我听到一阵被搁放在白铁盘里的手术器械互相碰撞的叮当声。这时,我身边的护士问了一句:"医生,是半麻还是全麻?"

"全麻。"医生回答得很干脆。

那时候盛行针刺麻醉。像开扁桃腺这样的小手术一般都是门诊手术,用针麻已算很优待了。拿个器具伸进病人口中撑住上下颚,圆圆的环形刀套住扁桃腺根部,一秒钟工夫,病人惨叫一声,手术就算完了。我中学时代的一位同学也开过扁桃腺,他是怀着对针刺麻醉的一种信赖态度走向医院的。事隔多少年以后,每当听到有人谈起针麻,他便神经质地哇哇大叫,一副痛不欲生的样子。这位同学告诉我,动完手术后他马上离开了医院,从此再没有去过。他说什么地方都可以去,就是不能去医院。

与他相比,我的运气真是太好了。我事后才知道,为我动手术的医生是国内知名度很高、很有声望的一位五官科医生。

全戴上口罩的护士们用征询的目光看着医生,医生沉稳地点点头,护士们开始摇动手柄,手术台载着我缓缓上升。接着,一个护士将我的头放平,另一个护士为我注射。没过多久,一个坐在我脑袋后的护士将一块湿漉漉的纱布敷在我的鼻腔,她开始与我交谈:

"你几岁了?"

"九岁。"

"你上几年级?"

"二年级。"

"你有几个兄弟姐妹?"

"三个。"

"除了你还有谁啊?"

"还有哥,姐,二姐。"

"你的母亲在哪儿工作?"

"在……厂里。"

"你的父亲呢?"

"……父……亲……"

我迷迷糊糊地开始寻找父亲的记忆,但怎么也想不起来父亲这个陌生的词汇与我的关系。强烈的无影灯光刺得我睁不开眼睛,我的眼皮沉重地合上。我的身体飘浮起来,飞扬起来,朝着一个巨大的虚空,朝着一片幽深无边的黑暗迅速驶去,我是带着对父亲这个词的深刻疑问暂时告别这个世界的……

我醒来后发觉母亲和医生站在我的床边。

我的头顶上高悬着一只盐水瓶,水液一滴一滴流进我的体内。我知觉恢复前的一段时间内,我的眼前一片白茫茫的什么也看不见,我不知道自己在什么地方,也不知道从哪里来到这个世界。假若我有超凡的记忆力，我想从娘胎里出生时的感觉便是如此，正像人死后倘若还有灵魂，这灵魂倘若还能回忆，那么死的感觉恐怕也和我躺在手术台上飘飞而去时的情形相去不远了。一次小小的手术，像是把生和死，从生命的两头聚拢过来，焊接在我九岁时的那个夏天的阳光里。

我躺在医院的观察室里，意识像冬眠的蛇渐渐苏醒。声音和物象开始具有了意义。随之便是剧烈的疼痛，弥盖了我的全身。生命的知觉一旦活泛起来，痛苦就像水藻般汇合过来，紧紧地缠住你，直到永远。

我先是像咳嗽一样的呜咽，之后是泪流满面。

母亲俯下身来，抚摸着我的额头说："你是男孩子，打针都从来不哭的，护士都说你像男子汉，你怎么就坚持不住了呢……"

有一滴不属于我的泪珠掉在了我的脸上。我点点头，嘴里却还咿咿呀呀的。

医生拍拍母亲的肩膀好像是说没关系，然后他对我说："痛就哭出来，别捂在心里。"

医生走后，母亲喂冰砖给我吃。她告诉我，手术结束后我已昏睡了几个小时。她从地上拿起一只小瓶，我看到如同葡萄般的一串血红肉球浸泡在药水中不停晃荡。我的身体即刻跌进冰窖似的发冷，皮肤上像有很多小虫爬行。我难受极了，又呜咽起来。母亲赶紧拿走药水瓶。

我在观察室卧躺了两天两夜。第三天离开医院时，医生一直把我们送到大门口，他叮嘱母亲一个星期后再带我来医院检查一次。

我们是坐着人力车回家的，虽说才花了一毛钱，但那时候已是很奢侈的一件事。回到家，母亲将我扶在凉椅上躺下，姐和二姨妈围在我的周围。我眼睛怔怔地看着天花板，对二姨妈她们的说话声置若罔闻。后来，母亲要去给我买冰砖，她刚走到门口，听到了我突发的叫唤，便赶紧站住，回转身来。

"我有父亲吗？"我的嗓音喑哑，听起来一定很古怪。

所有的人没想到我会这样问。这个时候。况且我从未问过。

"有……啊。"母亲一个激灵。

"他在哪？"

"……死了。在你生下后四个月他就死了。"

"他怎么会死的？"

"生病。"

"生什么病？"

"肺病。"

母亲大概甚怕我再追根刨底地问个没完，转身走出了屋子。姐和二姨妈也从我四周消失了，留下我一个人躺在凉椅上，两眼发直地望着天花板。

9

桔子和另外一个女同学一边看节目，一边交头接耳议论着什么。操场上站满了人，桔子和女同学无论做什么别人都不会注意，除了我。

进校第一天，桔子高高的额头，深凹的大眼睛以及那甜甜的微笑就给我留下了深刻的印象。后来，我在走廊上，在校园里，在回家的路上经常可以遇见她。每次看到桔子，我的心就会莫名其妙地乱跳，仿佛一池静水上空划过一片流云，投下了久久不去的影子。我的眼眸紧紧追踪跳跃的身影，但又很怕被人发现。有一次桔子甩了一下头，吓得我赶紧低下脑袋，久久不敢抬起头。桔子的周围总有很多女同学和她在一起，她们一边走路一边大声说话，像一群叽叽喳喳的喜鹊。那天，桔子和几个女同学课间休息时拿着毽子三毛球下楼梯，我那会儿刚好也走出教室，目光无意间撞上了桔子甜甜的笑靥，桔子朝我扮了个鬼脸，我的脸刷一下变得通红。桔子旁边的几个女同学见状你推我搡,起哄着挤作一团。一直等她们走下楼梯走得很远,我似乎还觉得她们在取笑自己,耳根一阵阵发烫。老师走过见我怔怔地木立着,脸颊绯红,还以为谁欺负我了呢。

前面舞台上演出的是器乐大合奏。

这个学校的民乐队在附近一带小有名气,看那些同学多带劲,拉二胡的拉二胡,弹琵琶的弹琵琶,把水泥砌成的舞台占得满满的。最威风的是中间那个举着两根细棒敲打扬琴的高年级女同学,她梳着两条长辫,挥舞双臂,整个乐队仿佛都随着她的手势摇过来摆过去,犹如滚来滚去的稻浪一般。要是哪一天我也能像她那样站在舞台中央,桔子和全校的同学都来看我演出该多好啊。那时桔子和女同学议论的中心话题就是我了。

会有那么一天吗?我暗暗想道,像是憧憬,像是怀疑,又像是带点祈祷的意味。不过我真要上了台,我可不会像敲扬琴的女同学那样,我宁可坐在后排弹弹三弦什么的。如果坐在后排,桔子是不是能看到自己呢?假如她看不到自己,我上了舞台又有什么意思呢?这样想想倒还是站在舞台中央的好,舞动双臂敲打扬琴,怎么也能让桔子看到自己。

当我正在为自己设计舞台上的位置,当我犹豫不决左右为难之际，坐桔子身旁的女同学看到了我，她推推桔子，朝我这儿努努嘴，桔子深凹的大眼睛穿过人群，慢慢搜寻过来。幸亏我发现得早，缩紧脑袋，身子微微后退一些，旁边那个男同学的身体便挡住了桔子的视线，这样我便成功地将自己隐藏起来了。

演出一结束，我就悄悄地溜出了操场。我跑得飞快，书包剧烈晃动。我一边跑一边还不时回头看看身后有没有人追来。快到家时，才放慢脚步，这时我已大汗淋漓，气喘吁吁。连我自己都不清楚，我究竟要逃避什么。

小院里的那棵无花果树已变得光秃秃的。残留在参差树枝上的黄叶随风翻飞，凋零的落叶或停泊在矮矮的院墙上，或沿着街面旋转飘舞。冬日西沉，夕阳越过屋檐斜刺里透过来，树枝被染上了点点斑纹，在微风中轻轻抖动。我走进小院，听到屋里传出一片喧闹声，沸沸扬扬，好像是过节似的。我倚着门框，将脑袋探进屋去，我先看到桌旁坐着的舅舅，接着又看到了舅妈和表姐。表姐手里拿着一件衣服，正与姐和二姐一起说笑着。二姐上寄宿学校，周末才回家。

"骆驼回来了！"表姐首先发现了探头探脑的我。

大家刷一下全把目光射向我，我顿时感到局促不安，脸颊渐渐泛出红晕。

"快叫舅舅舅妈呀。"母亲敦促道。

我哼哼唧唧，喉咙像被什么东西堵住似的就是发不出声音来。

"我生的子女怎么嘴都这么笨啊。"母亲嗔怪道。

"不笨的，不笨的。"舅妈连忙打圆场。"骆驼有很长一段时间没去我们家玩了，还认识舅舅舅妈吗？"

我点点头。

"真没办法，我的这些子女要说读书么都还过得去，就是待人接物方面学不会。我也算没少教他们了，也不知道是怎么弄的。"母亲显得有些忧愁。

"没关系的，只要功课好，其他方面都是次要的。骆驼什么时候去我家玩，让你舅舅给你拍照。"舅妈说。

"没问题，什么时候都可以，大妹二妹，一起去。你们舅舅现在的摄影水平跟以前可大不一样了。上次我拍的照片，一位摄影家看了之后说可以参加展览呢。"舅舅眉飞色舞地说着，说到得意处还用手不停地捋摸那梳得整齐光溜的头发。舅舅的头发理得很短，左边分开，虽说已有几缕银丝，却显得很精神。舅舅逢人就说，他的发型是进口的，叫作"菲律宾博士"型。

"又开始吹了，"舅妈微笑着连连摇头，她转过头对母亲说，"你弟弟就是这样，没办法，像小孩一样。"

"那个摄影家是这样说的，你问问你女儿，我有半句假话没有？"舅舅的眼睛瞪得很大，眼屏上布满错杂的血丝。那是嗜酒如命、每餐两斤黄酒的结果。

在我的记忆里，对舅舅来说，酒比生命更重要。

那时候舅舅肺穿孔住院，二姨妈领着我坐了很长时间的公共汽车去看他。我们刚走入疗养院的大门，身穿绛红色睡袍的舅舅从水池假山后面闪了出来，神情急切地问二姨妈：带来了没有？二姨妈点点头，舅舅急不可耐地扑过去，从二姨妈的藤编工艺包里拿出一瓶酒，拧开瓶盖，仰脖咕噜噜灌了一大口，然后将酒瓶迅速藏入睡袍里，示意我们从正门进入病房，而他呢，则绕过水池假山，朝树林那边的小路上很快隐去。我们从甬道走到病房门口，舅舅在大楼尽头翻窗入室的情景正好全被我看在眼里。

说起来也奇怪，舅舅违背医生的禁忌，偷偷摸摸地喝酒，那肺病居然也会慢慢痊愈。以后别人问他病是怎么好的，他总红着眼睛拍拍酒壶毫不犹豫地说：喝酒呗。

舅舅不但自己贪杯，还常常鼓励朋友、亲戚乃至小辈学会喝酒。谁去舅舅家做客，只有陪着舅舅喝得满脸通红他才把你当朋友看。当然，这时候你就得耐心地聆听舅舅吹嘘他的摄影水平如何如何的高超。我在家里，逢年过节母亲才允许她的儿女们一起喝几口黄酒。到了舅舅家，那情形则完全不同了。每次去，舅舅总要买很多下酒的菜，然后让我们放胆痛饮。即使舅妈在这时候出面阻拦也无济于事，舅舅会把酒壶高举头顶，瞪大布满血丝的眼睛厉声嚷道：我们家的后代，不会喝酒能行吗？你不喝酒，说明你和我们不是一路人。舅舅就是这样以酒菜款待后辈们，常给后辈们拍照而赢得亲戚们有口皆碑的赞誉。在我幼小的心灵里，舅舅就像一个英雄。我渴望着长大以后能像舅舅那样做一条真正的汉子：头发梳得光溜整齐，皮鞋擦得锃亮，能喝好多好多黄酒，对人说话时辅以潇洒的手势。

"骆驼，这是送给你的。"表姐手上举着一把彩色木制手枪。表姐的右手手指扭曲，那是小时候出麻疹落下的后遗症。

"快过来拿呀。"姐催促我道。

表姐走过来把枪塞在我的手里，我抬起头，看着表姐美丽的眼睛。表姐的肩上披着长长的黑发，头上一朵蝴蝶结鲜艳无比，表姐的皮肤又白又红，表姐的眼睛里有水波荡漾，我的心底涌起一股奇异的感觉，轻轻地说了一句："谢谢表姐。"

也许是因为我进门后一直没开过口，这一声"谢谢"把表姐高兴得手舞足蹈，她张开双臂，一把将我抱了起来。我顿时感到屋顶飞速旋转。

这一天，我家真像过节一样的热闹，我真像过节一样的高兴。

晚上，母亲准备了一桌的菜，大家坐齐后刚要举起酒杯，前后屋相通的那扇门发出一阵声响，门打开后走出了二姨妈。她手里端着一碗热气腾腾的菜，走过来往舅舅面前一放，虎着脸一句话不说，又返身准备回去。

舅舅说："二姐来和我们一起吃吧。"

不料二姨妈一听此话火冒三丈，大声嚷道："我饿不死的！"说完她走进门洞，砰的一声把门重重闭上。

大家面面相觑，不知道发生了什么事。

母亲嗫嚅着刚欲开口，二姨妈突然又拉开门，伸过脑袋来嚷道："骆驼原来对我很好的，都是被教坏的。"

母亲的脸红了，她想说什么，被舅舅阻拦了。舅舅跑去劝慰二姨妈："二姐，收拾收拾东西，到我家去住几天吧。"

舅舅的话像一支镇静剂，二姨妈很快平静下来。

舅舅重新落座后说："二姐一辈子不顺心，脾气暴躁怪僻，有些事就不要和她计较。"舅舅说完这些话，端起一杯黄酒一饮而尽，之后把花生仁一颗颗往嘴里送，还朝小辈们不停地霎眼扮鬼脸。

第三章

10

这一天晚上舅舅喝了很多酒。酒一喝多话也多,且翻来覆去就那么几句话。舅妈早听腻了,转过身子与母亲低声聊天。表姐显然也不愿听她父亲唠叨,挽起我的手邀了姐、二姐上街去了。剩下舅舅一个人觉得无趣,便眯着眼靠在椅子上打瞌睡。

这天晚上的天气显得很反常。已是满天繁星的时辰,天穹还是蔚蓝蔚蓝的,好像黑夜只是给白昼装了块滤色镜,而真正的黑幕并未降临。街上到处灯火通明,很远的地方传来隐隐约约的骚乱声,整座城市处于一种不安稳的状态之中。

我的手被表姐捏得很紧,姐和二姐一前一后走在我的身边。从小街上,从弄堂口不断冒出三三两两的人群,汇合到街上后像一股洪流朝市中心涌去。一开始姐姐们还抱着一种好奇心理,想跟随人流去看看究竟发生什么事,而到后来发觉人流愈来愈稠,愈来愈挤,我受不了来自前后左右的挤压,只得由姐姐们轮流抱着,这时想撤回已来不及了。人群像潮水般地塞满了整条马路,人与人都紧紧挨着,几乎没有一点空隙。我被姐姐们抱着扛着,随着人流缓缓蠕动漂浮,谁也不知道要漂向何处。我听到表姐问一个小伙子发生了什么事,小伙子摇摇头,又去问另外一个人,被问的那人似乎也不太清楚,只得再去问其他人……

"你们看,那上面有人!"

不知是谁吆喝了一声,人们不约而同地抬起了头:一幢黑魆魆的像石块垒成的高大建筑物上面,果真蠕动着几个人。他们都穿着绿色军大衣,好像在把一卷什么东西从楼顶上往下坠放。那卷东西呼噜噜沿着建筑物的墙壁滚落而下,抖开后才知道原来是一幅红绸布的大标语,灯光太暗,那上面写着的白色大字模模糊糊看不清楚。

"哎,你们看,那上面有个女的。"表姐突然说。

"他们说那些人都是从北京来的,"二姐从人群里挤过来说。"他们是来砸烂政府机关的。"

"为什么要砸烂政府机关呢?"表姐不解地问。

"那里面坏了呗。就好像一只西红柿里面坏了,烂了,那还不要把它扔了?"二姐诡秘地眨着眼睛发挥道。

"嘘——别乱说,当心被人听见。"姐很不满意妹妹的不谨慎,她皱着眉头制止了二姐的随意发挥。

"那又有什么,又不是我造出来的,刚才旁边好几个人都在说,现在是鼓动老百姓造反,当官的从上到下都修了。听说北京的学生把国家主席也打倒了。"二姐噘着嘴低声说道。

"你再胡说,我们就不理你了。"姐严肃地警告妹妹。

这时,人群中出现了一阵骚动。前面不远处有人用电喇叭高声叫着,但毕竟人多嘈杂,地方又是那么大,声嘶力竭的喊叫很快就被风刮走了,谁也听不清那人在说些什么。

人群开始涌动。姐姐们保护着我不自觉地朝前移挪。我们的背后像有成千上万的人拥挤过来。

这座城市疯了。

这个夜晚疯了。

"要抓住他!"我听到有人这样叫道。

"抓住谁?"

"市长,那个王八蛋市长。他从后门逃跑了。"

"不能让他跑了!"一个人含着眼泪呐喊着。

这一堆人即刻响应,爆发了一阵愤怒的喧嚣声,犹如伴随暴风雨一起到来的滚滚惊雷。那幢建筑物下面的一扇巨大铁门不知道被谁推开了,人群潮水般涌入……

表姐在建筑物的台阶上终于避开了人流的推搡挤压,她背着我靠在一根石柱上稍事休息。不一会儿,姐也挤过来了,她的头发凌乱,大衣上的纽扣被挤掉了好几颗。

"二妹呢?"表姐问道。

"她跟着人群挤进大楼里去了。我怎么叫,她也听不见。算了,不管她,我们先回去吧。"姐说。

"哎,你看看骆驼怎么啦,刚才我叫了他几声他都没答应,会不会给挤坏了?"表姐说。

姐走到表姐的身后,看到我歪着脑袋伏在表姐的背脊上。姐支楞起耳朵靠上去,她一定听到了我均匀而安稳的呼吸声,挂在我嘴角的流涎濡湿了她的耳垂,姐不由得噗哧一声笑了:

"别人还在为他担心,他倒好,睡过去了。"

"这样吵吵闹闹的,他竟然能睡着?"表姐也觉得不可思议。

她们开始往回走。不断有人迎面跑来,跑向那幢矗立在蓝穹下矗立在星光月夜下的建筑物。

当北京来的年轻人将巨幅标语从楼顶上挂下来,当人们呼啸着冲进那扇森严的大铁门,当空气中浮动着一股股热浪，当城市在一个蔚蓝的夜晚沸腾，我，却伏在亲人的背上睡着了。鼾声难免均匀，睡态无比香甜，所有的喧嚣声浪都不能阻止我向梦乡飞去，这座城市在今晚所发生的一切对我来说，仅仅具有一种滑稽的催眠作用。

这意味着什么？这个动作。这幅场景。这幅载着我多少年时远时近的画面。这如烟如缕翻山越岭始终在前面飘飘忽忽的意象。

比较简单的一种解释是有关生物钟的理论。一个十岁出头的孩子到了他每天应该睡觉的时候，他的欲望强大得纵有十匹马也拉不回他。你可以把这看作是人类顽强的生命力的表现。

如果再深入一步，也许可以说，一个涉世不久的孩子是难以理解那天晚上发生在那幢代表城市最高权力的建筑物下面的事件的。对于不理解的事，一个孩子就有使用各种手段包括睡眠来冷落它的权利。要是我知道相同时间的另外一些空间里所发生的事情，比如某一地有人用长矛将活人的肚肠挑了出来，有的地方一些人的尸体被高悬在电线杆上，还有某地正进行着前所未有的械斗巷战，动用了机枪大炮炸弹；要是我知道这场席卷亚洲大陆上最大一个国家的暴风雨，几个星期后也将荡涤我家那座小院，无论我理解不理解，愿意不愿意，我都得像一叶孤帆被抛入风雨飘摇的大海上随着无情的浪涛上下颠簸，我还会那样无动于衷，还会伏在表姐的背上安稳地睡着，做着甜蜜的美梦吗？

也许我还会这样做的。

因为在故事继续往下发展的许多地方，都能找出一些例子来证明我在那天晚上睡着了不是一种偶然的巧合。

于是我不得不怀疑我的血液里是否存在一种超然世事的基因，这种与生俱来的基因导致我天生就是一个局外人。与那些看穿人世、拥有某种哲学观念的超然不同，那是一种逃避，而我既没有能力去看清这个世界，又没有精力完全介入现世生活，我只能沉浸在自己的小天地里神游。我蜷缩于小天地，恰似一个飞机员蜷缩于机舱内浮游在大千世界浩瀚天空。

与那天晚上这座城市的风景相比，我的梦境世界是小的；可与整个宇宙相比，这座城市甚至这个国家所发生的一切风波又成了小天地里的勾当。这大与小究竟能否衡量得清？既然如此，还是允许一个小天地的存在吧。还是不要来惊扰我，让我静静地伏在表姐的背上，向路灯摇曳的梦境深处慢慢驶去。

11

课间休息的时候,老师从外面走了进来。她走到我的面前,把手伸到我的桌前轻轻敲了敲,低声告诉我到音乐室去一趟。

"老师来叫她的干儿子喽!"过山风大声嚷道。

老师的眼睛狠狠瞪着过山风,那神情显得不可侵犯。

我来到音乐室,看到已经有四五个同学围聚在一架钢琴旁边。我的心一阵怦怦乱跳,因为我看到了桔子,我不敢相信,桔子竟然就在他们中间。桔子和大家一起笑嘻嘻地看着我。

"骆驼,请走过来。"老师说的好像不是我,她说话的时候看着钢琴上面的墙壁。

"现在我们请每个同学先唱一支歌,然后再跳一段舞。"老师说。

几个同学交头接耳。桔子缩起脑袋,吐了吐舌头。

只有一个叫青蛙的男同学似乎很高兴。老师说话时他不停地点头表示附和,老师说完了他立即挥舞一只肉鼓鼓的拳头,一副跃跃欲试的样子。

唯有我一声不吭坐在那儿。我奇怪老师怎么会知道所有的一切。她似乎知道我喜欢看到桔子,她似乎知道我羡慕学校宣传队那些唱唱跳跳弹弹拉拉的同学,我的心思从未对任何人讲过,但老师什么都知道。她就那样自信和骄傲地走过来,走到我的座位前,认定我会愿意跟她来参加宣传队。

第一个表演的是青蛙。他唱了一段京剧样板戏,而后跳了一段"亚非拉"。他跳舞时双脚使劲跺地,发出嘭嘭的声响,地上飞扬起来的尘埃弥漫在午后的阳光里。

接着其他几个同学也表演了。

桔子表演完,轮到了我。我唱了一支《渔光曲》。我唱完后老师说你的嗓子动过手术吧,我点点头。

老师思忖片刻,她请我跳一段舞,我摇摇头。

"随便跳一段什么。"老师说。

我站着没动。随便什么舞蹈我都不会。这样僵持了几分钟,教室里的空气开始沉闷起来。

"你就活动活动,翻几个筋斗也好。"老师说。

我正迟疑着,旁边的青蛙大声说他会翻筋斗,他边说边在地上翻了好几个筋斗,一直翻到墙角,他的腿碰到椅子失去了重心,人啪的一下摔倒在地。我的腿突然抽搐起来,疼痛感随之而来,我用双手摁住腿部,不让大家发现我的秘密。那时候我的脸部表情一定很古怪,强忍使得我的下巴微微抖动,汗就在这时渗出来了。

同学们都笑了，老师没笑，她的眼睛望着钢琴上方，她的鼻翼微微翕合着。

"我想请你翻筋斗的话，我会告诉你的。"老师的眼睛一动不动地盯着墙壁，而她要与之说话的对象——青蛙，却躺在她背后不远处的地上。

"我舞棍可以吗？"我不想让老师继续生气，腿部的剧痛消退之后，轻声问道。

"舞棍？你是说你会武术？"老师的眼睛转过来看着我。

我诚恳地点点头。

趴在地上的青蛙一骨碌爬起，飞快跑过来拉住我的手臂不停地问道："你会武术？你会武术？"

我曾跟母亲去公园晨练，一个鹤发童颜的七旬老人非常喜欢我，他自告奋勇地教了我几套拳路和几套棍术。没想到今天居然派上用场了。

青蛙很快给我找来一根旗杆，我捏在手里掂了掂，分量是轻了些，但还能凑合。

我把老人教的棍术舞弄了一遍。出乎意料的是，老师和同学们都看得那样认真。我完成最后一个动作双手合拢恢复原状，桔子竟带头鼓起掌来。

"好。"老师拍了一下手掌。"从今天起，同学们就是宣传队的队员了。"老师用她那娓娓动听的北方话宣布道，

"现在同学们先各自回到自己的班上去，什么时候排练节目，老师会通知大家的。"

一星期后，老师编了一个舞蹈。在这个舞蹈的前面，她特意安排我一个人出场，舞动一杆红缨枪，踢腿亮相，然后把手一挥：身穿绿军装、腰系阔皮带的男女小战士一齐呐喊着从舞台两侧杀上舞台。

以后演出的实际效果证明，老师的这一构思是成功的。每次我将那杆红缨枪舞得人们眼花缭乱时，台下总会响起热烈的掌声。

男女小战士上场后，有一组舞蹈造型是一男一女组合在一起完成的。老师说完她的创作意图后，便回到钢琴旁，由同学们自己去排练。一些宣传队的老队员都知道，老师排练节目从来都是这样。她说完了便去设计新的动作，她回转身的时候，同学们必须已经排好了前面的动作。要不她就会不高兴，就会用黑黑的大眼睛望着房顶说真没办法真没办法。老师说真没办法的含义是清楚的，那意思就是说你这个同学已经蠢笨到了无药可救的地步。

大家谁也不愿意被老师说真没办法，一个个很认真很勤勉地操练着。

最认真最勤勉的大概要数青蛙了。每次桔子蹲下抬头亮相时，青蛙便把两只手臂高高举起，一蹬脚威武地迎向桔子。桔子看到后面迎过来的是青蛙，每次都要笑场，她说青蛙的动作做得不对。

青蛙重新做了一遍，桔子依然说他不对。桔子说他应该做得像我那样。我和桔子配合做了一遍，青蛙弯着腰两只眼睛死死盯住我的一招一式，青蛙觉得他和我做的完全一样。轮到青蛙了，桔子又说他不对。

青蛙很委屈，只好站到另一个女同学的身后，看着我和桔子一次次微笑着摆亮相造型。

这件事大概对青蛙的刺激太大了。后来发生在我家的所有事情就是青蛙快嘴快舌传到宣传队的。作为那个年龄阶段的青蛙，他当然不明白桔子为什么要那样偏袒我而瞧不起他。

十几年后，青蛙出现在我面前时提到了这段宣传队的往事。青蛙留着长长的头发，神情沮丧面有土色，一副落魄寒酸相。他坐在我的对面，大谈了一通存在主义哲学和柏辽兹交响曲中的鬼魂。他来找我是为了向我表明，十几年来他一直虔诚地热爱着音乐，他愤愤地说这世道不公平，他说自己空怀一腔热血却始终怀才不遇。为了音乐他去练气功练书法。接着，青蛙滔滔不绝地给我阐述了音乐与气功与书法之间的微妙关系。青蛙在冗长的阐述中屡次给我强调他是什么都有什么都准备好了，万事俱备只等人们来发现他这个天才了。

留着唇髭的我耐心地倾听青蛙一个晚上的长谈。

后来实在熬不住了,我打着哈欠对青蛙说,我千里迢迢从海边赶回来是为了去大学报到,明天得很早起床。

青蛙一方面很有礼貌,一方面又对我的暗示毫不在意,他在我连打几个哈欠之后还伸出一只手来给我看。那只手的手背上隆起一块鲜红的嫩疤,像蚯蚓一样蠕动,青蛙说这是练了气功后留下的。我一阵恶心,脊背上麻酥酥的奇痒难熬,我突然站起,冲出房间,来到月色沐浴下的小院。

青蛙莫名其妙地跟了出来,我听到脚步声后赶快说我不送你了,青蛙这才余兴未尽地离去。走了几步,他又突然返回来拉住我,说:

"你还记得桔子吗?宣传队的桔子,她前不久嫁人了。你知道她最喜欢、最念念不忘的人是谁吗?是你!"

我后来才知道青蛙和桔子有过一段痛心疾首的恋情。

12

我手握红缨枪坐在后台,心里是七上八下。

老师说演出的那天请家长们一起来看,我回家告诉了母亲和姐。她们非常高兴，说一定要来看我演出。二姨妈听说了，她说她也要来。

我不敢像其他同学那样把头伸出去朝台下看。我希望家人能来看我演出，可又不知怎么的怕她们来。我想，也许她们不来，我会演得更好一些。

青蛙走来走去，忙得好像很多事需要他关心和照应。他挺着胸握着拳头鼓励女同学过一会儿要好好演。他还不断地指出这个女同学的风纪扣没扣好，那个女同学的辫子从军帽里露出来了。

我瞧着青蛙忙这忙那的样子，心里暗忖：待一会儿上台后就知道了。只要我把红缨枪舞得飞转起来，看看台下的掌声是朝谁涌来的。

我知道青蛙今天为什么这么得意。他的父亲母亲今天吃了晚饭早早地来到学校。青蛙的父亲半边脸扭曲得很厉害，据说那是一只炉膛里的钢水溅在上面而造成的。老师特意把青蛙的父亲请来，让他为同学们做演出前的动员报告。青蛙的父亲讲话结结巴巴，但他的意思我还是听明白了。他大概是说一次工伤算不了什么，脸上的伤疤是光荣的伤疤，他心甘情愿地为国家为革命忍受钢水溅在脸上的痛苦，这点痛苦比起旧社会资本家的皮鞭来就不算什么了。

要不是老师说时间来不及了，青蛙的父亲还要给大家讲小时候怎么受地主压迫的故事。最后他希望我们好好演，给人民鼓劲，为革命呐喊。他握着一只拳头在空中挥了挥，结束了他的讲话。这时我才豁然明白，原来青蛙老是挥舞拳头这个动作是跟他父亲学的。

演出的铃声响了。桔子朝我颔颔首，示意我过去站到台侧。也真奇怪，这时平素相互之间不讲话的女同学也走过来给我打气。黑咕隆咚里，那一张张凑过来的脸像戴了面具似的陌生而又亲近。

我朝台下瞥了一眼，我看到青蛙的父亲母亲坐在第一排的中间，张着嘴摆开架势等待演出开始；我没有看到母亲、姐和二姨妈。我想兴许她们来晚了，坐在后面，等我上了台就能看到她们了。

台下黑压压地坐满了人。我听到老师轻声叫了声"开始"，便不顾一切地冲了出去。红缨枪在我身体四周像风轮一般飞转。这时我的眼前是一片黑暗，我已看不到台下有没有人坐着。我觉得炫目的舞台灯光犹如一大片河水覆盖了我，吞没了我，这世界上唯有我一个人孤零零被抛在那儿，赤身裸体的什么也没穿。过了很久之后，我才感到桔子从很远的地方朝我微笑，我才发现身边青蛙将胸脯挺得极高，两腿使劲跺着地板，似乎非把地板跺穿不可。

一切都是在懵懵懂懂中结束的。我知道我演得很糟，我知道我输给青蛙了。场灯一亮，家长们都拥到台前来指指戳戳，我往人堆里搜寻，仍然没有看见我的亲人们。

那天我是拥有某种预感才显得情绪如此低落的？那天老师难道也感觉到了什么？我演得那么糟，老师一句责备的话都没有，她甚至都没朝我望一眼。深夜十二点多，她送我和青蛙回家。离我家十几米远的十字路口，我和青蛙都坚持要老师返身回家。

老师对青蛙说："那么你替老师送骆驼回家好吗？"

青蛙挺起胸脯满口答应。

老师转身走了，她的背影渐渐远去。老师短短的剪发，好看丰腴的身材在昏黄迷离的路灯衬托下，便这样永远留存于两个小男孩纯真多梦的心灵里。

这天晚上在学校演完后，我们还乘车去市中心街头舞台巡演了几场。街头舞台有的是几辆拖车拼合起来的，有的是由一些大铁桶上架铺木板搭成的，舞台四周都插着一面面红旗，台下的观众人山人海，挤得密不透风。麦克风的效果很差，青蛙和另外几个同学的嗓子都喊哑了。

"老师真好看。"青蛙用沙哑的嗓音对我说。

我点点头。我对青蛙说："你回去吧。"

"我回去的话，你明天可不要告诉老师。"

"不会的。"

我明明看到青蛙拐进一条小弄堂，我明明是和他分了手的，他怎么会对那天晚上我家所发生的事情全都知道呢？

他知道了还不算，他还让宣传队的每个人都知道。恐怕就是因为这一点，我从此不会有任何可能把青蛙当作我的朋友。

青蛙察觉到了吗？我想应该察觉到了。要不就太迟钝，太麻木了。你向一个人推心置腹倾吐你十几年苦苦追求的心愿，那个人居然毫不为你的炽热话语所动，他冷冷地坐在那儿，脸上还浮现一丝不耐烦的神情，你说你何苦呢？

穿出一条小弄堂，我看到了我家的小院。奇怪的是，已是深夜，小院居然灯火通明。

我走近些，听到几个男人的大声说话声。我的直觉告诉我，家里一定出了什么事。这样想的时候，我不禁浑身一激灵，一种恐惧感从黑暗四周向我袭来。

我站在黑夜里，不知如何是好。几分钟后，我还是遏止不住自己的欲望，我提心吊胆地沿着邻居家的墙根摸索过去。在我家小院的门柱旁，我伫立片刻，然后把脑袋慢慢伸进去……

我看到什么了？我看到院子里挤满了人。我看到人们都踮起脚跟朝屋子里窥望。透过人群腿与腿之间的缝隙，我看到我家地上堆满了凌乱的书籍，一个戴着红袖章的男人蹲在那儿很快地翻阅，好像要从那些书籍中找出什么重要的东西来。借着从窗内渗出的几缕灯光，我还看到我家门窗上面贴满了白纸。白纸上写着许多黑字，因为太暗，我看不清那些密密麻麻像蝌蚪似的小字。

这时，屋内传来二姨妈的大嗓门和几个男人的喝斥声。二姨妈大声说她是工人，你们要拿我怎么样，那几个男人则要二姨妈放老实点。院子里站着观望的人群爆出一片起哄声。突然，我听到"砰"的一声，二姨妈大概是生气了，她像平时一样，一生气就把和我家相通的那扇门关得震天响。

"太嚣张了。"一个戴着红袖章的男人嘟嘟哝哝从人群中挤了出来。他身后跟随着的几个人也都戴着红袖章。他们大概是要绕个圈子去二姨妈家。

我赶紧缩回脑袋，转身飞跑起来。

我穿越一条长长的弄堂。

我穿越一个黑黑的暗道。

我拼命地跑，疯狂地逃，我的杂沓的脚步声在窄窄的过道里回响轰炸。我被我自己的脚步声追逐，我是我自己脚步声的逃犯。

也不知跑了多久，我浑身是汗，气喘吁吁，没办法了，我已经用尽了最后的一点力气，只能被抓住了。我跑进一座门楼，跌倒在木梯上，我回过头想看一看来追捕我的是什么人，结果身后什么都没有，是一片虚空。我刚才跑过的那条道上黑乎乎的，像一口望不到底的深井。

我的心跳开始缓慢下来。我靠在木椅上轻轻吐出一口气。内衣已是汗津津的，粘在脊背上令我很难受。不一会儿，我觉得有点冷，我将身子挪向木梯里侧的角落里蜷缩成一团。我抬起头，看到门楼外的天空里布满了许多星星，它们不停地朝我眨着眼睛，我的眼睛很酸很酸，终于，我的眼睑支撑不住了，缓缓耷拉下来。我是太累了。

我做了一个梦。我躺在一条小河上漂泊。天上下着雨。穿过雨幕，一只帆船向我驶来。船靠近后，我看到船头上站着一个中年男人。仔细辨认了一下，我觉得他是医生，我说医生救救我。男人说我不是医生我是你父亲叫我父亲就让你上船。我一个劲地摇头说你是医生我记得你是医生你带着我穿过长长的手术室走廊你怎么忘了呢。叫我父亲就让你上船，男人铁青着脸说。我说不我没有父亲你不是我的父亲。那你就漂吧漂吧你就永远地漂下去吧男人说出了这条河就是大海了你喜欢漂流也一定会喜欢大海的。那我不要被鲨鱼吃掉不要被海浪卷走的？被鲨鱼吃了被海浪卷走都太便宜了你你就永远无休无止地去漂吧。

13

一个女人哇哩哇啦的声音把我吵醒了。她站在门楼下手舞足蹈，唾沫四溅地说着什么。她说的话我一句都没听懂，但我明白她是在说我。

这个女人我认识，她是樱桃的母亲。樱桃是我同班的女同学。

我睡眼惺忪地瞧着樱桃母亲的两片薄嘴唇上下翻动。樱桃母亲的声音又尖又亮，在清晨的雾气里穿来穿去。

她走过来，揪住我的一只耳朵往外拽。

我啪的一声打掉了她的手。从来没有人揪过我的耳朵。

女人嗷嗷乱叫，她像一头母狼般地扑上来，抓住我的衣领，一路嚎叫而去。

我挣扎着，乱蹬乱踢，无奈人幼力小，很快便被樱桃母亲拽到我家小院门口。我一眼看到了我的同学、梳着两根小辫的樱桃，手里拿着一根油条啃着，远远地站在那儿观望。樱桃的父亲站在街上，他正指挥他的两个儿子和另外一些街坊邻居准备推倒我家小院的矮墙。我家小院前，到处是被砸得稀烂的花盆碎片，仙人掌和蟹爪兰七倒八歪，狼藉不堪，踩出的汁液湿漉漉地洇透了泥地。

"一、二、三！"樱桃的父亲吆喝着。

众人站在我家小院里用力往外推。围墙摇晃起来，但它倔强地驻立在那儿，它不愿就此倒下。

樱桃的父亲找来一根很粗的麻绳，套在院墙柱顶上，叫两个人拽拉着。然后他又一声吆喝，倔强的院墙经不住里应外合的打击，一阵剧烈的晃动，它像是害怕又像是痛苦似的打了个哆嗦，非常缓慢地朝外倾斜，倾斜，轰的一声沉重倒下，它在即倒时刻，还是那样的勇敢顽强，它让砖块碎片像子弹一样飞溅，射向四处的敌人……

樱桃站在远处拍手鼓掌。半截油条塞住了她的嘴。

一堵围墙慢慢倒下的情景像什么？

一棵参天大树被凶恶的砍伐者从根部斩断。神情颓丧的向日葵花盘随着太阳一起坠落。最后一次约会的最后一声呻吟。被抽干河水的河床淤泥里鱼们翻起白肚。一个女孩坐在寒风敲击窗棂的屋内沙发上看着不爱自己的男人粗暴地将衣服一件件扯下抛向空中。

我把樱桃带进一间空荡荡的黑屋子，然后将她按倒在沙发上简练地扯去她的衣服，我的眼前一次次重现十年前一堵围墙慢慢倒下的情景。

"你喜欢我吗？"樱桃问道。

"喜欢。我怎么会不喜欢呢？那么长的时间里，我就盼望着能有这么一天。"

"你不要骗我。"

"我不会骗你。"

"哦,你喜欢我那你就干了我吧……"

"是的,我正是这么想的。"

樱桃在我的身体下面欢快地呻吟着。她的嘴被我的脸覆盖,发出的呜呜声含混不清,仿佛嘴里塞了半截油条。

樱桃拍着一双小手。她的母亲紧紧拽住我的衣领。围墙倒塌之后,樱桃的母亲把我交给了一个戴着红袖章的女人。女人带我上了我家的小阁楼,我看到一张椅子里已经坐着一个中年男人。

我被强按在床上,我的对面并排坐着一男一女。男人的脸腮上长着很多胡子,女人有一张扁平脸,两只眯缝眼下生出星星点点的雀斑。

"你是一个要求进步的好孩子是不是?"男人的嗓音很粗重,"你在学校的表现不错,我们希望你也能配合我们,把一切老老实实地告诉我们。"

我用迷惘的目光看着他。我不知道他想要干什么。

"你告诉叔叔好吗,你们家的枪藏在什么地方?"

我没能听懂他的话。

"枪……手枪,你知道的,你知道什么是手枪。"男人比划着,还慈祥地笑了笑。

我摇摇头。

"你去找一下,找出来我们就离开你的家,你母亲你姐姐也就没事了,她们就可以回来和你在一起了。去,把手枪找出来。"男人边说边把我推往楼梯口。

"是手枪就可以吗?"下楼梯时我轻声问了句。

"行,只要是枪就行。"

我下了楼梯,开始在抽屉里翻动。我悄悄扫视了一圈,屋里没有母亲和姐,只有一些戴着红袖章的陌生人走进走出。

我找到了我的那把枪。这是一把用火柴盒和木夹子扎成的手枪。硬纸片做的子弹用准星上的牛皮筋拉向后侧夹住,松动木夹子,子弹便飞出去了。

我拿着手枪上了楼。我把它放在那两个戴红袖章的大人面前。

男人和女人面面相觑。我看到男人的下巴颏微微抖动。

"你过来。"女人朝我招手。

我走过去,啪的一声,女人几乎使出全部的力气给了我一个耳光。

我的眼睛里喷射出火焰。我盯着这张脸,这张脸上有一双小眼睛,有许多许多雀斑。

女人从我的眼睛里看到了什么,以至于有些恐慌,下意识地后退了一步,一只手又抬了起来——男人制止了她。

我一直记着这个女人的扁平脸。

事过境迁,我曾听过一个罪犯用硝镪水毁人容貌的故事。我曾设计自己就是那个罪犯,被毁容的是一张涂满雀斑的扁平脸。

二十岁前的一段日子里,我常常渴望能在街上闲逛时突然遇到一张扁平脸,这样我就可以把她早年送给我的礼物还给她。

再过了几年,我想,倘若某一天有一张扁平脸从我眼前闪过,我会走上去向她冷冷地指出我就是那个把火柴盒手枪交给她的小男孩,我非常想知道她在一瞬间里的反应。

再后来,我去找心理医生,向他咨询如何才能忘掉这件事。心理医生建议我用文字把我所想的一切记录下来。

我听从了他的建议。我写下的是一部电影剧本,剧名叫《我,就是法庭》。

那是一位高明的心理医生。写完剧本后,我再没想过那张扁平脸。

14

我走到十字路口，迟疑不决，不知道该从哪条路回家。

从这里通往我家的小院有两条路：一条是往左拐，走小路，只需十几分钟便可到达，但这条路上的许多弄堂口常有一些蛮横凶狠的顽皮孩子出没，近来他们屡次袭击我；另一条是大路，走大路要远一些，还要经过一段工房区。工房区里住着一群喊喊喳喳的女孩，她们都是桔子的邻居。那天我经过工房区，从门洞里突然蹿出桔子的姐姐一把抓住我，她大叫大嚷引来一群女孩，她们围着我评头论足，像是在围观一个异类。要不是桔子闻讯赶来，将她疯疯癫癫的姐姐拉回家，这事情不知道该如何收场。她们为什么要这样对待自己？回家的路上我苦苦思忖。我什么地方得罪了她们？就因为我和桔子一起演出节目？还是那些女孩也知道了我家所发生的事情？

我决定走小路。我宁可去面对那些野蛮的男孩子，也不愿意置身于一群女孩子的包围之中。让桔子看着我受辱比体罚更使我感到羞耻。

我夹紧书包，以免奔跑时发出声响。拐入小路后，我一双警惕的大眼睛，搜索着每一条弄堂的出口处。那屏气敛神的神情，像是一名战士在穿越敌人的封锁线。

要拐弯了，胸口紧张得突突的一阵猛跳。手掌也不由自主地握紧了。我做好了随时夺路而逃的准备。当我放慢脚步拐出路口时，兴许是太紧张的缘故，一个迎面走来的人与我撞了个满怀。我这一吓吓出了一身冷汗。抬起头，看到一个老年人用探询、惊异的目光打量自己，顿时不安起来，恍惚的神情里充满了惊惧和羞涩。老年人挥挥手，示意我走过去。

我绕过老人，还好，小路上只有零星的行人。我刚要为此而庆幸，心不由得格登了一下：路边一家店铺的屋檐下，歪戴帽子的过山风倚靠着墙，冷眼盯着我。见我退缩着伺机逃跑，过山风涎着脸从后侧截住了我。

"你要干什么？"我哭喊了一声。

"我要你告诉我：这是什么？"过山风把两只手腕合拢在一起，模拟戴了手铐的犯人。

"我不知道。"

"你不知道？这叫808，你父亲就是这么被铐走的。"

"我不知道——"

我被触到了痛处，尖厉的叫声在小路上空滑行。我举起书包，猛然砸开过山风挡在面前的手臂，朝前冲了过去。过山风没想到驯顺的羊也会反抗，他愣了愣，反应过来之后立即以饿虎之势扑向我。过山风毕竟长得人高马大，三步两步便追上来逮住了我。过山风还没来得及下手，我又是踢又是咬，一副鱼死网破的样子。这下过山风发怒了，凭借身材和体力上的优势，挥掌雨点般地击向我……

"住手——"

过山风正打得兴起，一个人从后面赶上来，用力推开了他。过山风冷不防被推了个趔趄。

"你——"

过山风刚欲扑向袭击他的人，定睛一看，他凝然不动了，前面站着的是老师。

"你、你又要包庇你的干儿子了？"过山风虽然心虚，嘴还很硬。

"你想干什么？"老师瞪起眼睛朝过山风跨近一步，"我就知道会有这种事情，特意跟在后面，想不到是你。"

"他先动手的，"过山风狡辩道。"不信你问他。"

"现在我不和你谈，明天到学校去再说。"老师说。

一听去学校谈话，过山风的脑袋耷拉下来，语气也变得软和了：

"哎，是不是你先动手的，你说一声呀。"

我一把甩开过山风伸过来的手，什么话也没有，转身撒腿一溜烟地跑了。

我跑呀跑，没有跑向回家的路，却跑到了一条大路上。沿着这条大路一直跑下去，就是母亲上下班的工厂。我这会儿只有一个念头，那就是以最快的速度找到母亲，要问她父亲究竟是不是一个犯人，像过山风所说的那样。

到了工厂门口，门卫室值班的人正在打瞌睡，我偷偷溜了进去。

机器隆隆的声浪震得我的耳膜微微发痛。我沿着一条篱笆隔成的小道朝后厂房走去。走着走着，我看到前面不远处篱笆外有人趴在空隙里朝里面吐着唾沫。走近些发现吐唾沫的都是些与自己差不多大的学生。有一个男孩子还从地上拣起一块小石子，从篱笆上空扔进来。一张巨幅画像矗立在前面的道中央，它挡住了我的视线，使我无法看到孩子们攻击的对象。

我走到巨幅画像的背面。透过篱笆的缝隙，那个男孩把一块石头塞进来，示意我也像他们那样去攻击画像背后的目标。

我摇摇头。这些日子来，只要走出家门，我就会受到别人的追逐和攻击。有时躲在小阁楼上，也会有人用石块来砸我家的玻璃窗。我几乎没有一个朋友。倘若除去学校，我与外界便没有了任何联系。我是在常常受到追逐受到攻击的情况下过着一种担惊受怕的日子，这个世界对我来说已经彻底丧失了安全感。那么，现在有人要我这个屡遭攻击的对象去合伙攻击另外的人，这无异于承认所有对我的攻击都是合理的。再说我也从来没有首先向人发动攻击的习惯。

小男孩嗅嗅鼻子，朝我瞪了一眼，显然对我的不合作态度深为不满。于是他又从地上拣起一块小石子从篱笆外抛了进来。小石子划出一条抛物线，在画像背后坠落。小石子显然击中了目标，有人轻轻发出一声"哎哟"声。

被好奇心所驱使，我从画像这边伸过脑袋去，想看看那个遭到攻击的目标是什么人。画像背面的人这时恰巧抬起原先低着的头，转过脸朝篱笆外的孩子们哀求似的摇摇手。然后，这人又转回脸，低下头笔直地站在画像前。

我的脑袋"嗡"的一下像要炸裂了！

我几乎不敢相信自己的眼睛，我怎么也不会想到那个站在画像下低着头的人竟是母亲！

我不知道自己是怎么跑出工厂的。发疯似的奔跑。唾沫和石子在眼前乱舞，如同萤火虫一般。脑子里是一片空白。我跑过一条又一条马路。行人和梧桐树迅速迎过来退向身后。我撞到一个人。又撞落了一只包。天，旋起来；地，转起来；车辆和人行道都剧烈摇晃倾斜。我拐弯了，穿越一个路口时，里面跃出一条毛色乌亮的黑犬，跟在我后面迅跑。我跑，它也跑；我停下，它也停下。一辆汽车停在路口，我突然起跑，跑到马路对面。我以为甩掉了它，跑了几分钟，它又在旁边出现了。它和我并排跑着，我看看它，它看看我。我和它都气喘吁吁。我抬头仰望了一下天空，夕阳西落，天色是一片惨白景象。它的脸色变得刷白，豆大的汗水从它的额头渗出，一滴滴掉落在脸颊上。

我跑出一条弄堂，来到了小街上。有人举手吓唬我，但我似乎连恐惧和害怕的意识都没有了。我神志麻木，像一具永动的机器。我朝小院门口跑来，轻轻一跃，跨过废墟般堆积街沿的砖砾，箭镞一般飞了进去，正要往外走的二姨妈猝不及防，被我撞倒在地。失重的我也差不多同时倒下。

"骆驼，骆驼。"二姨妈叫着。

我侧过身子，看着惊魂甫定的二姨妈。片刻后，我哇的一声哭倒在二姨妈的怀中。

第四章

15

队伍长长的像条绸带,从山那边甩过来。

道路两旁的田野,泛出一层浅浅的绿色。风,轻轻吹拂,一大片绿色在阳光中微微起伏,宛如荡漾的水面。我觉得,队伍就穿行在微波荡漾的金色水面上。一头拉着犁的褐色皮毛的耕牛远远地在劳作,它的腿陷入泥地举步维艰。

队伍放慢了行进速度。早晨从学校出发,虽然每个同学都背着包裹,但因为是第一次拉练去郊外,队伍行进的速度很快。

我的旁边走着邻班的兔子,兔子不停地催促我跟上队伍。兔子东张西望,话多得像女同学一样。他指着一丛绿茸茸的禾苗问我那是什么,我还未回答,后面一个男同学大声抢着说那是大葱。兔子哈哈大笑,他摇晃着脑袋把手反剪背后,俨然是一副老师的语气:"五谷不分,五谷不分啊。"

太阳升起后,队伍明显慢了下来。教导主任手握电喇叭,从后面赶上来敦促同学们加快脚步。教导主任身上的背包又厚又大,但他还跑前跑后地为大家鼓劲。"提高警惕,保卫祖国,要准备打仗!"教导主任的声音经过电喇叭处理嗡嗡的震得很响,远处的竹林里惊起一群鸟雀,在天空中飞来飞去鸣叫不息。

我的耳膜微微颤动。教导主任的大嗓门使麦克风发出嗡嗡的声响。据说是炮兵出身的教导主任喊起口号来有一种排山倒海的气势。他的吼声一次次震撼我的耳膜。我不得不闭上眼睛。

"提高警惕!"教导主任的吼声像一架轰炸机从我的头顶上隆隆而过。

我睁开眼睛,觉得很奇怪,那样巨大的声浪居然丝毫没有惊扰默坐于灯下苦思冥想的母亲。暗淡的灯光泻下来,映出母亲脸庞的侧影。

母亲的头发上有几绺银丝一闪一闪。她皱着眉头,像在沉思,又像在回忆。

我悄悄地转动一下身子,这样便能看到母亲的大半个脸颊。

母亲的脸颊很红，颧骨那儿隐隐地渗出几小点色素。

我第一次这样仔细地观察母亲。

我第一次看到母亲的脸上长有色素。

一种淡淡的失望情绪笼罩了我。几次涌至嘴边的疑问，又被咽了下去。我觉得母亲不会告诉我关于父亲的事情。母亲从小就把什么都瞒着我，她拿一些话来哄我骗我。母亲究竟为什么要这样做？母亲究竟是个什么样的人？

灯光幽幽地照着母亲苍老而丑陋的脸庞。一个念头突兀地从我的心底升起，我预感到那个念头的无情和残酷，我克制住自己不去想它，让它从胸口缓缓下沉。但那个念头是如此的顽固，它挣扎着，扭动着，它乘我稍稍松懈的间隙，又非常狡猾地突然钻进了我的脑海，用一种怪里怪气的声音对我说：你母亲是一个骗子！你的身边藏着一个骗子！

不——我痛苦至极，想竭力甩掉那个怪里怪气的声音。那声音像只灵巧的小虫子，一会儿又出现在我的耳边：你母亲欺骗了你，你的家欺骗了你。你是站在革命人民一边，还是站在骗子的一边，与人民作对？

我突然从凳子上站起，飞快地上了楼梯。母亲用诧异的目光追踪着我的背影。我躲进黑魆魆的阁楼，双手捂住耳朵，什么也不愿听，什么也不愿想……

一架飞机越过天空，席卷过来的巨大声浪淹没了教导主任的叫嚷声。队伍停了下来。教导主任匆匆赶到前面，与排头的老师咕哝了一阵，然后举起喇叭高喊：

"现在休息——"

一些同学纷纷将背包卸下搁在地上，另外一些同学朝一个村口跑去，那儿有一口井，可以将喝空了的水壶重新灌满。兔子坐地上，一个劲地考问别人远去的那架飞机的型号，似乎这世界上就没有他不懂的事。

我口渴得厉害，真想跑到井边痛痛快快地喝个够，可回头望望井边围着一大群同学，又懒得动了。清晨离家时，姐把背包放在我身上，又把水壶递给我。我拒绝了。长这么大，我是第一次没听姐的话。我想尝试一下，不听话会有什么样的后果。走出小院，清爽的晨风扑面而来，我深深呼吸一口新鲜的空气，我感到快活极了。

井边的同学三三两两地回来了。兔子过来邀我一齐去井边，我一骨碌爬起，觉得自己的嘴唇快要裂开了。一路上，兔子喋喋不休地说着什么，我一句也没听进去。只是心里暗暗有点感激兔子，要不是他主动热情地相邀，我不知道自己会不会有勇气在众目睽睽之下走向井边。田塍软绵绵的，走在上面很舒坦。一枝野百合从深沟里探出头来，洁白的花朵上停留着一只蜜蜂，黄黄的身躯随风摇曳，晃动金灿灿炫目的光环。我轻轻走过去，唯恐惊动那只舒适无比的小精灵。

到了村口，兔子从别人手里接过系着小木桶的长竹竿，趴在井沿将竹竿伸下去。清清的井水犹如一面镜子，映出两张圆圆的脸庞。木桶晃动，水面被搅得影像模糊。很快，竹竿上升，装满碧水的木桶被提上来。

"好样的！"我拍了一下兔子的臂膀。

兔子没有提防，手臂一抖，不小心松了手，竹竿迅速下滑，扑通一声，水桶猛烈砸向井底。

我们俩互相看了看，随即被对方的神情逗乐了，先是兔子哈哈大笑起来，接着我也笑了。我开始还有些节制，后来见兔子毫无顾忌，也索性放声地大笑。我好久没有这样高兴了，笑得肩膀耸动，眼睛里流出了泪水。我们的笑声在旷野上传得很远。

兔子再次把水桶提拎上来。我挨近兔子，帮他一起使劲，竹竿一跳一跳从井底升起，指向天空。水桶放地上后，兔子和我围蹲着用双手捧起清洌洌的井水畅怀痛饮。凉爽的井水顺着喉管流淌，去滋润焦渴的心田。喝够了，回过头远眺一望无垠的田野，觉得烈日不再酷热，觉得天地都那么明朗，真想躺在地上不再赶路，看蔚蓝的天空浮云移动,听远处的村口鸡鸭啼鸣。

往回走的时候,一只红冠公鸡追赶一只雏鸡从我脚下跑过。

那只雏鸡嘴里叼着什么食物,浑身光秃秃的只有头上长着一簇杂毛,它鼓着翅膀张皇逃去的模样又可怜又丑陋。我皱起了眉头。我没想到,一个人的头发被剪掉之后会变得如此难看。我的双耳灌满樱桃母亲的尖叫声,看着被擒住的二姐在樱桃母亲的臂弯里扭动挣扎,那个时候我一步步后退,好像要退到桌子底下,我被二姐那张可怖的脸吓坏了。曾经像瀑布一样美丽的长长的乌发从二姐头上消失了,二姐的头发被剪得稀稀拉拉。二姐站在一张凳子上,小院外挤满了围观的人。樱桃母亲和二姐学校来的一个戴红袖章的妇女将二姐的手臂反剪背后。二姐低下了头,颈脖上挂着一块写有"反动学生"的木牌。我也低下了头,不忍心再睁眼去看那像秃鹫一样的脑袋。很小的时候,母亲和二姨妈带着我去看过一次二姐的表演。二姐在平衡木上移动苗条婀娜的身子,长长的头发飘逸起来好看极了,我大声叫好拼命鼓掌,观众席的人刷一下全把目光射了过来……

"杀千刀的!"一个农妇跑出村子,拣起一把扫帚扔向那只昂头健步的公鸡。公鸡扑腾翅膀,咯咯乱叫着飞上了半空，又缓缓降落着地。农妇余怒未息，追过去扑向公鸡。公鸡长啼一声，噌地展翅飞上了屋顶。农妇骂骂咧咧回村去了。

我和兔子回到路边，队伍很快又出发了。下午，太阳躲进了云层，天空变得阴沉沉的。队伍傍晚时分才走到目的地。

那是一个很大的村子，瓦屋一片一片散落分布。我、兔子以及十几个男同学被老师安排到一间大屋子里住。大家刚把背包卸下，木窗外淅淅沥沥下起了雨。

十几个同学分两排睡地上。地上铺了厚厚的草褥。大屋子里面还有一间屋，黑色的木门闭着。我轻轻一推，木门打开透出一条缝隙。我看到一个老头坐在里面，他的面前点着几柱很粗的蜡烛。烛光映出老头肃穆阴沉的脸。我的目光朝里面探寻，不由得倒吸一口冷气，差点恐怖得要叫出声来：一口黑色的大棺材横放在那儿。棺材前的一面小镜框里有张死者的照片，和镜框放在一起的还有盛得满满的几碗米饭。

我猛然缩回脑袋，胃里即刻翻腾起来，有一种呕吐的感觉，浑身上下的皮肤都像有无数条小虫在上面蠕动爬行。我转身走出屋子，来到屋檐下，面对田野大口大口地呼吸，像条离水的鱼。

这天晚上，我只吃了几口素菜，没吃米饭。我怎么也无法尝试去吞食米饭。看到旁边兔子狼吞虎咽的样子，我又想吐了。

晚饭后，雨下大了，天色黑得伸手不见五指。大屋子里一盏电灯像鬼火似的幽暗。我本来是靠门边睡的，后来我提出要和兔子换个位置。兔子把铺盖挪到外面，一个劲地问我为何要换床位。我打了个哆嗦，我说我怕冷。我说我怕冷的时候有一种呕吐的感觉。

兔子把他的被子展开覆盖住他和我的床铺，然后再把我的毯子盖在上面。我们钻进被窝躺下。风摇撼着木窗，发出一阵阵颤动声。屋顶的瓦片上被暴雨倾注敲打，杂沓的声音像有无数幽灵上蹿下跳，四处爬行。我睁开眼睛，看到一丝烛光从那扇木门的门缝里渗出来，摇曳着明明灭灭，兔子的半个脸蛋被烛光照耀，若隐若现，看上去令人毛骨悚然。我的手不由得从被下伸过去，想把兔子拉过来，离开那束闪闪烁烁明明暗暗的幽光。我的手摸索着，穿过冰冷的被窝，触到了兔子温暖的下体。我感到兔子先是一愣，接着像是触电般地战栗起来。我很快意识到发生了什么事，迅疾地缩回了手。

兔子清醒过来，他一骨碌扑向我，嘴里大声嚷嚷着："不行，不行，这太便宜了你。"

"对不起,我不是故意的。"我被兔子压在身下,喘不过气来,只得求饶。

"不行,不行。"兔子把头摇得像拨浪鼓。

"那你要干吗?"我哭丧着脸问道。

"摸还。一次,就一次。"

我听兔子这么一说,脸刷一下绯红,羞愧地蜷缩起身子,两只手下意识紧紧捂住下身。

我们两人在黑暗中沉默。一个是等待屈从妥协,一个是静观事态发展。

兔子终于觉察对方毫无诚意,沉默不过是缓兵之计。他开始发动猛烈的进攻,凭借着体力上的优势,他很快将我的双手移开,压在膝下,一只手摁住我的身子,另一只手便撩开我薄薄的内衣,粗鲁地闯了进去。

我感到一种绝望的窒息,想喊,又怕同屋的其他人听到,兔子已做着他想做的一切。我的羞愧感犹如潮水一般覆盖全身,可渐渐地,又神奇地退了下去。兔子的手不像原先那般鲁莽粗重,变得柔软温和,仿佛轻轻梳理着我僵硬的肌体。我的血液涌动起来,手脚似乎也热乎了,羞涩和恐惧的感觉被一种慢慢滋生的愉悦感所替代。我不再抗拒,任凭那种愉悦感衍化成巨大的舒适和畅快……

兔子在我身旁躺下了,过一会儿,他过来抓住我的手拽向他的下身，兔子喃喃地说，"你不要不高兴，我再让你摸一次好了。"我的手指顷刻间传导了一股滚烫的热流。

同屋的一个同学发出一声怪叫，我吓了一跳，想缩回手，却被兔子的手一把捂住了。

一个同学睡不着，他开始给大家讲起了鬼故事。

我收回自己的手，兔子又俯过来，又一次重复先前所做的一切。黑咕隆咚的屋子里，只有那个讲鬼故事的声音在幽幽地回荡。我觉得兔子的手很烫，自己的身体也很烫，我已经忘却了羞涩，忘却了阴森森的恐惧，渐渐感到这一切似乎还很有趣，很过瘾。

就这样，躺在同一个被窝里的两个男孩不断轮换抚摸对方的身体，以此获取一种温暖，一种依傍，一种慰藉……

16

我不想在这部书里絮絮叨叨向你倾诉我家曾经遭受的所有苦难，我不想一遍遍详尽描述我的亲人怎样被游斗，我家的墙上怎样被贴满大字报；还有，那段日子里差不多每个晚上都有人用石块砸我家的玻璃窗，咣啷啷清脆的迸裂声像是一次次敲响让人心惊肉跳的丧钟；我也不想向你介绍我在那时候所观察到的外部世界的变故，例如：上课上到一半，麦克风里会传出教导主任惊恐的呼叫，吩咐同学们将窗户全部关闭，随即我们可以看到一辆辆装满人的卡车风驰电掣地从校门口呼啸而过，车上的人一个个都戴着藤帽，手持铁矛，满脸的杀气。

我不想向你渲染这发生过的一切。请不要误解，我在叙述我的流浪史的时候，不可避免地会提到那些曾经降临在我身上和我亲人身上的苦难，但那绝非为了骗取一掬廉价的同情之泪。倘若哪一天你向朋友交出你受伤的心，而他仅仅是出于礼貌给予几句抚慰的话，那么，就让你的倾吐见鬼去吧！

我之所以避开那些具体的详细的描述，是因为那段岁月里这个世界所发生的事情对一个心理处于封闭状态的男孩来说，并无直接的实在意义。

那时候，真正困扰我、折磨我的只有一件事，那就是对母亲的善恶评判。

现在回首望去，这种道德评判几乎贯穿我三十岁以前的全部生命。可以说，我的流浪史便是一部逃离母亲、背叛母亲的历史。

另外，我有整整一个夏天和一个秋季是在临近苏州河边上的一间小阁楼里度过的。这使我有机会不去面对那个熙熙攘攘嘈嘈杂杂的乱世。

我躲进那间小阁楼，每天由一个叫袋鼠的小男孩像狱卒一样给我送饭吃。这个精瘦的男孩是姐同学的弟弟。那时候，学校已全面停课。姐为了使我免受家庭劫难的影响，听从了同学的建议，将我送到了他家。这样，我在那间小阁楼里像一个大人物似的开始了长长的避难生涯。

画家的母亲是一个为人极其谨慎的裁缝。老太太长得身材矮小，嘴唇瘪瘪的，说起话来低声细气的。我抵达她家的第一个晚上，是在楼下客堂间和大家一起吃晚饭的。饭菜端上桌后，老太太闭上眼睛，两片干瘪的嘴唇喃喃蠕动。我那会儿不明白这叫祷告，眨巴着眼傻愣愣地与大家一起等待着。老太太睁开眼睛后，大家才拿起筷子开始吃饭。吃饭时，老太太不断给我夹菜，坐在我旁边的袋鼠便用一种冷冷的目光一会儿看看他母亲，一会儿看看我。

这天晚上我上了小阁楼之后，很长一段时间里再也没有离开过那儿。

老太太不让我下楼，甚怕街坊邻居发觉她家藏着一个陌生人。再热的天，老太太也把门关得死死的。每天早晨七点左右，老太太便踩响了那台破旧的缝纫机。缝纫机滚动的声响要一直持续到暮色降临时分。可以说，除了书籍，就是缝纫机的滚动声陪伴我度过整整一个夏天和一个秋季。

阁楼上放着两只书橱，里面整整齐齐摆放着很多书。实在穷极无聊，我便翻阅起书籍来了。我不像有些人那样，仿佛从小，仿佛无论在怎样恶劣的环境下，从血液里都蓄满了一种对文明的渴望。我没有这样一种渴望。我是被迫躲进小阁楼里，在毫无选择的情况下才拿起书本的。我想，倘若没有那些书，我会憋死的，我会变成一只大甲虫，在小阁楼里匍匐蠕动。我想，如果有可能，我也会像其他同龄人那样趴在地上打弹子，抬着一条腿斗鸡，或者下陆战棋，斗蟋蟀，甚至摔跤。

我曾津津有味、充满新奇地听一位朋友大谈一番蟋蟀经。我像听天方夜谭一般的神情以及提出的一些极为无知的问题使得我的那位朋友大为吃惊。他圆睁双目问我：你居然连这些都不知道？你小时候在干吗？

在这方面，我确实像个白痴。我不会说粗话，不会骂娘；羞于在女孩子面前讲话；酷热难熬的天气，我绝对不肯像其他男孩那样打赤膊。但这一切并非说明我怎样有教养，怎样从小生活在一个拥有良好习俗的环境里。不，不，这一切全是误会。我所生活其间的区域是我们这座城市最为贫穷、最为肮脏、犯罪率最高的地方，我之所以在别人眼里似乎有那么一点教养，实在是因为童年和少年漫长的岁月中没有机会让我去做一些不体面的事。我一生下来，差不多就被生活隔置在一旁，我是滔滔东去的生命之河岸边的一个孤独的徘徊者和旁观者。

快十六岁那年，一个比我大几个月的男孩带着猥亵的笑容问我：你知道你是从你妈哪个部位生下来的吗？我望着天空蹙紧眉头琢磨了老半天，而后我很有把握地回答：胳肢窝。是从胳肢窝里生下来的。那个男孩喷口大笑，他放肆而可恶的笑声直到现在还久久留存在我的记忆里。

我在缝纫机哒哒声响的催动下，整日躺在床上看书。书页迅速翻动，书橱里我尚未读过的书籍在减少。

我读了《红楼梦》、《水浒》、《林海雪原》、《铁道游击队》、《红岩》、《欧阳海之歌》、《三家巷》、《简·爱》、《欧叶尼·葛朗台》等等等等。

《三国演义》是我那时候最喜欢的一部书，我先后读了四五遍，很多段落在我成人之后都能倒背如流。而最打动我的却是一篇叫作《老水牛爷爷》的小说。老水牛爷爷被河水卷走之后，那条曾经和他朝夕相处的狗不吃也不喝，一直伏在河堤上，静静地观望流淌的河水。好心的人们放在它身边的食物日益增高，而它看都不看一眼。一天天过去了，那条绝食的狗日渐消瘦，最后，它难以支撑下去，终于耷拉下无望的脑袋，永远地躺在卷走它主人的那条河的岸边。

那天，我读完这篇小说，整整难受了一个晚上。袋鼠端着饭菜从楼梯上爬过来，看到我神情颓丧，想与我搭讪几句，后来见我一声不吭，非常委屈地下楼去了。

说来奇怪，那时候我最想念的不是母亲、姐和二姨妈，我一点都不想她们，我甚至还有一丝解脱的自在感。那时候我最想念的是我的两位同学：桔子和兔子。在我阅读的间隙，桔子那张圆圆的甜甜的笑脸常常会突兀地闯入我的视线；想念兔子的感觉则要复杂些，一方面会有一股热流从心底涌起，另一方面又会浑身战栗，仿佛沉浸于一种后怕的心境里。

小阁楼囚禁一般的生活，最让人受不了的就是我无法与思念中的人联系。我经常为此而恼怒，阴沉着脸和谁都不说话。袋鼠当然不明白这些，在他看来，我是一个骄傲的、喜怒无常的怪物。

按理说，袋鼠与我差不多大，在那种情况下，我们至少可以在一起玩玩，说说话，借以排遣烦闷和孤独，打发无聊的时光。不知为什么，从一见到袋鼠起，我就讨厌他。这不仅仅是因为他长着猴腮一样的脸，单眼皮遮盖了本来就不大的那双眼睛，活像一个汉奸；还因为他气量极小，一句话不对就噘起薄嘴唇，倘若这时无人理他，眼泪便毫无节制地流下来了。在袋鼠面前，我很少有自卑感，有时候还会陡然增添几分蛮横。

一天，袋鼠端着饭菜轻手轻脚地来到我的床边，我猛地抬起头，才发现已是暮色四合的掌灯时分。这天晚上吃的是一条几寸长的小黄鱼，外加一小碟青菜。袋鼠将饭菜放在床边的茶几上，悄无声息地下楼去了。

我正吃着那条诱人的小黄鱼，忽然听到楼下有窃窃的龃龉声。

"我也要吃整条的鱼。"这是袋鼠的声音。

"你这个孩子，怎么这么不懂事，这是留给你哥的菜。"老太太说话的声音压得很低。

"他怎么吃整条的鱼？我不管，我也要吃整条的鱼。"袋鼠说话时已带着哭腔。我听得出来，袋鼠所说的"他"，指的就是我。

这时，姐的同学回来了。他每天都是很晚才从学校回来。回家后也不空闲，不是画漫画，写大幅标语，就是刷刷飞快地刻蜡纸。第二天一大早，他就夹着一大堆东西匆匆赶往学校。有时我听到老太太用担忧的口吻问他在干些什么，他总回答说你不用管。

姐的同学究竟在忙些什么我也不清楚，但有一点我是知道的：他和姐在一起。姐常让他捎些吃的东西给我。没东西时，就捎话给我：诸如不要出去，听大人的话之类的。姐的同学把话带到后，也没工夫与我闲聊，回头转身忙自己的去了。有一次姐来看我，无意间流露出她和几个同学成立了一个什么兵团的，看到我眼睛一亮，连忙叮嘱我不要对别人乱说。我乖巧地连连点头，心里却想我能向谁说呢，袋鼠我是绝对不会告诉他的。

"你就让他吃嘛。"姐的同学听完老太太的诉说，不耐烦地说了一句。

"他也吃整条的鱼。"袋鼠显然得到了一些安慰，抽抽嗒嗒地开始吃饭，边吃边嘀嘀咕咕说道。

"谁？你说谁？"

"骆驼。骆驼也吃整条的黄鱼。"袋鼠说。

"骆驼吃整条的鱼与你有什么相干？"袋鼠的哥哥突然火了。"你这个没出息的，这么大的男孩还整天哭哭啼啼的，比人家女孩子还不如。"

哇的一声，袋鼠还未等他哥说完，已伤心得号啕大哭起来。他把碗筷往桌上一扔，赌气地奔上了小阁楼。

看着袋鼠肩膀一耸一耸面壁而泣的哀伤背影，我想到过是否该去安慰他一下，也想过是否把我尚未吃完的半条鱼省给他吃，但我什么都没做。我一动不动地坐在床上，冷冷地注视着事态的发展。我的内心深处还有一个念头执拗地爬上来，我觉得袋鼠是活该挨骂的，一个动辄哭鼻子的男孩只能招来别人的鄙视和厌恶。

但后来发生的一件事，让我改变了对袋鼠的看法。

17

小阁楼朝南有一扇窗。早晨，太阳从东方升起，一缕明晃晃的霞光从窗口映射进来，阁楼内顿时满壁生辉。傍晚，夕阳西下，阁楼东墙上涂满了灿烂的晚霞。站在一张凳子上，从窗口往外鸟瞰，可以看到一条河静静地卧躺在下面。这条河自西边蜿蜒而来，汩汩流淌，绕过阁楼后又曲曲弯弯东去。

秋天来了。顺着河道刮进来的秋风将一些飘零的落叶带到河面上，像是一面面浮萍来无影去无踪，随河水载着它们飘向远方。停泊在河边的船只，卸下一些货物后，又袅袅地驶走。乌亮的河水在大弯道那儿打着一个个旋儿，惹得几只鸥鸟盘桓其上，聒噪不已。

十几平方米的小阁楼夺走了我行动的自由，但无法夺走我幻想的自由。当秋风从河面上掠过，一阵阵扑进窗来，我躺在床上，思想便像一匹骏马，开始了无拘无束无边无涯的驰骋。阁楼的屋顶上，因为年久失修，漫漶的石灰构成了一幅幅依稀的图画。这些图画模糊不清，似是而非，在我眼中像万花筒一样变幻莫测。我一会儿看到两个勇士骑在马上英勇格斗，一会儿又看到一个长袖峨冠的中年男子，坐在一辆木轮车里缓缓驶来。我在那些统帅武士中间，寻找着我理想中的父亲面貌。我一次次地指认，又一次次地否定。我似乎觉得，父亲并没有死，他活在一个遥远的王国里，倘若他获悉他的儿子失去了自由，会毅然决然率领庞大的军队来营救他的儿子。

秋季里的一个下午，我午睡醒来，淅淅沥沥的秋雨敲打着窗棂。袋鼠躺在对面呼呼大睡，老太太可能买菜去了，屋子里静悄悄的。

我来到窗前。烟雨迷蒙的河面上，一只帆船从很远的地方穿过灰暗的雨幕朝这儿驶来。这番景象与我多少次梦中所见极为相似。那只帆船靠岸后伸出一块跳板，然后从船舱里走出我的父亲，他横越跳板涉过一汪水滩，健步朝小阁楼走来。我像只小鸟一样朝他展翅飞去。父亲张开臂膀将我抱起举过头顶，然后对着苍茫天地高声呐喊：我的儿子，从此你的苦难结束了！

我沉浸在解脱的狂喜之中，飞快地下了楼梯打开门朝河边跑去。雨珠无情地倾泻在我的身上。我是那样兴奋，好久好久没有在雨地里行走了，好久好久没有和灰濛濛的天地如此靠近了。

这是我在长长避难日子里的唯一一次出逃。

秋风秋雨中，我沿着河岸，一直跑到了很远的地方……

我的出逃，急坏了老太太，她让她的两个儿子分头寻找我的踪迹。袋鼠本来身体单薄，在寻找我的路上一把小伞又被风刮走，一双鞋也掉在泥地里，当这天晚上九点多我跟着袋鼠的哥哥回到小阁楼，袋鼠躺在那儿发着高烧，哼哼唧唧地叫喊着我的名字。

我跪在袋鼠的床边，轻轻摇撼他精瘦滚烫的身子。

很久之后，袋鼠苏醒过来。他醒来的第一句话就是：

"你不要再逃了。以后你不愿意理我就不要和我说话好了。"

我的心一热，扑到床上，和袋鼠紧紧拥抱在一起……

这以后，我再也没有逃跑过。

秋天很快过去了，临近春节的时候，姐将我领回了家。

18

我从小就对过年有一种向往。过年时不仅可以吃到平时吃不到的许多东西,更主要的是,一到每年一次的传统春节,会有很多亲戚朋友来串门做客,而我呢,也可以跟着母亲和姐去舅舅家或其他亲戚家做客。

这个春节不一样。这个春节格外的冷清。家里只有母亲、姐和我。二姐被学校隔离审查。二姨妈去舅舅家过年了,那扇过道门紧紧关闭着。昏黄的灯光照着母亲和姐落寞的脸,她们知道,不会有任何人来我们家了。

小街上噼噼啪啪地响起了鞭炮声。以往过年时,表姐们总会送我许多鞭炮。今年因为没人送,我吵着要,姐有些动心,想去替我买一些,谁知母亲一瞪眼,说:

"又没有什么可以高兴的事,买鞭炮来做什么?"

于是,我没有鞭炮,这个节日里我没有鞭炮。我第一次明白,原来过节可以有鞭炮也可以没有鞭炮,原来过节可以热热闹闹也可以索然无味。

一束璀璨的焰火呼啸着蹿上幽蓝的夜穹,艳丽的光芒映亮了我家的小院。

我坐不住了,乘母亲去厨房的间隙,我端着饭碗偷偷溜出了屋子。小街上聚满了人。起先我只是龟缩在门口,凭借夜幕的掩护，窥视着人们点亮一挂挂鞭炮一束束焰火，后来我被小街上的气氛所感染，把姐平时告诫我的话忘记得干干净净，不知道什么时候，我已挤到了人群的中间。

"嘿嘿，这个小狗崽子也出来了。"一束焰火上天，使得樱桃的父亲认出我来了。

我在黑暗中冷冷地盯着他。我的目光中蓄着几丝恐惧，几丝愤懑。

"喂，大家让开！"樱桃的父亲摆开架势，点着了一柱硕大的炮竹。

他阴险的半个笑脸似乎在警告我。

当我隐约猜出他的不怀好意之后，猛然回转身，撒腿往家中逃去。快到家门口时，我只感到脚下轰然一声巨响，顿时一股呛鼻的硫磺气味环绕我的周身，我受了惊吓的脑袋悬浮在硝烟之中，摇摇晃晃的身体踉跄了几步，终于沉重地跌倒了。

我手中捧着的那只搪瓷铁碗像是也参与了这场预谋，它飞走的速度犹如离弦的箭，它先我一步掉落在地，然后张开狰狞的嘴，等待我的入网。

我朝着地面倒下。

我朝着那只搪瓷铁碗倒下。

像一只折断翅膀的鸟雀。像一头误入陷阱的羔羊。

我倒地了。我的眉骨重重地砸在那只搪瓷铁碗的碗沿上。

我的眉毛从此被断开。一条伤痕醒目地竖立在右边眉毛的中央，仿佛一柄凶险的匕首，仿佛一枚弯弯的月芽。它更像一个问号，永久地镌刻在我的脑海：人们为什么那样仇恨我？为什么？我来到这个世界上难道隐含着什么不可见人的罪恶？

我是那样渴望揭开我的出生之谜。

19

春节一过，天气开始转暖。明媚的阳光四处流溢，给整个大地带来了融融的充满温情的春天景象。道旁的梧桐树，挨过了颓伤的季节，虬曲的枝干上冒出了茸茸的绿意，在微风中不停地抖动。

春天的到来，并未改变人们对我家的敌视态度。学校开始复课，我提心吊胆地选择通往学校的安全之路。老师提出每天来接送我，我执意不肯。于是，我的背后始终远远地晃动着一个身影，那是我的保护神。

事隔多年以后,我在路上邂逅两鬓染霜的老师,她依旧是步履匆匆地每天赶往我的母校。这时候我才知道,那些岁月里,老师一直如影随形地跟在我的身后,护送我上学和回家。要是没有老师,我不知道还要遭受多少凌辱和欺负。老师和我非亲非故,为什么要对我这样好?她又当班主任又带宣传队,学生有那么多,可偏偏对我如此厚爱,我该如何来报答老师这样的恩人呢?我想,此生此世,我是永远无法偿还这笔情债了。

每天放学回家后,我躲进小阁楼,一个人做功课,一个人看书,打发时间。我已在避难期间学会了自己调整情绪,学会了一个人忍受时时可能发生的不愉快。

这一年的春天,姐高中毕业了。她为了带领无人照看的我,曾经休学一年,而恰巧相差一年的工夫,她失去了报考大学的机会。这是姐一生中最为遗憾的一件事。步入中年之后的姐回首往事时神态茫然感叹不已,她说:和什么都可以犟,就是不能和命犟。

姐顶替母亲进了工厂。她的同学、袋鼠的哥运气最差,他因为得罪过那个负责毕业分配的老师,被分到一个边远省份的小城当剧团美工。他作为一个团体的领导人,曾在千百人的欢呼声中,以口若悬河的雄辩才能,轻易击败了代表另一派别出场辩论的那位老师。于今,形势发生了逆转，他的命运操纵在对手的股掌之间，他的口才再好，他的才艺再出众，也无济于事。他做出打点行装的决定之后，恳求姐与他结伴同行，一起奔赴那个边远省份。

这就诱发了我家一场无可避免的大冲突。

我记得那天放学归来，远远地便听到小院里吵得不可开交，其中夹杂着姐的呜咽声和二姨妈嘹亮的斥责声。

我走进家门，看到姐伤心地耸动双肩，二姨妈咿里哇啦，唾沫四溅地骂骂咧咧，而母亲则涨红着脸，一言不发地坐在那儿。

"天下没一个男人是好的。"二姨妈高声嚷嚷道。

我不知道二姨妈曾受过多少男人的骗，她那样武断地给世界上所有的男人下了判决肯定是有其缘由的。不过，当时在我心里是无法认同二姨妈的判断的。以我看来，世上至少有两个男人，无疑是二姨妈用惨痛教训换来的著名论断所不能概括的。一个就是引发这场争吵的核心人物——袋鼠的哥；另一个则是舅舅，我心目中不容诋毁的偶像。

"金钱如粪土，这是什么屁话？他没有钱才这样说。没有钱能造屋？没有钱你母亲能把你们这些子女养大？"二姨妈说到"造屋"两字时，短短的手臂在半空中划出一道弧线，我觉得，这是二姨妈平生最自豪、最辉煌的一个动作。

"他说的又不是这个意思,他是说钱总会有的。"姐抽搐着辩白道。

"不是钱不钱的问题,你走了,这个家怎么办?"母亲说。

"我也不过是提出来和你们商量嘛。"姐嘟哝道。

"你还怕找不到男人,要跟着一起去充军?"二姨妈继续高嚷着。

"话不要说得这么难听。"姐很轻地嘀咕了一句。

"嫌难听?我还有更难听的没说哩。"

"我不要和你说了!"

姐这句话把二姨妈本来就在兴头上的火爆脾气煽得更旺了,她像连珠炮似的甩出一串辱骂声:

"你不要和我说,我还懒得来管你哩。你嫁哪个男人与我有什么关系?你跟他走好了,我知道你熬不住了呀,你熬不住怎么不找个啤酒瓶来捅捅呢?"

当时我没听懂二姨妈的话,对她话里的刻毒含义木然不解。而姐显然是听懂了,她大声喊叫起来:

"你怎么这样下流!有你这样当长辈的吗?你自己一辈子守寡,就非得让别人也跟你学吗?"

二姨妈可能没料到会遭受如此猛烈的反击,她一向不允许小辈顶撞她。此刻间，她像头发疯的狮子，额上青筋暴突，嘴里不干不净地辱骂着，之后她猛地返回屋子开始寻找可作武器的东西。

母亲大概意识到问题的严重性，她几乎是扑过去，一把拉上中间那扇过道门，插上插销，然后还不放心地紧紧拉住把手。我也跑过去，帮助母亲一起拉住门。我听到门那边传来乒乒乓乓的声响……

一星期以后，姐领着我去火车站送她同学。我们到了月台，看到了比我们早到的袋鼠和裁缝老太太。老太太眼圈红红的，嘴唇蠕动着，一个劲儿地朝我们点头招呼。

袋鼠的哥提着箱子，登上火车之前，与大家一一话别。走到姐面前时，他默默地看了她一会儿，什么话也没说，一扭头决绝地走了。

我觉得，他这样对待姐是不公平的。因为他走后的几天里，我一直看到姐偷偷地躺在床上擦拭眼泪。

火车启动了。呼隆隆驶去的长长的车厢，席卷起一股扑面的飓风。车窗上，离人的脸像刀刻石削一般冷峻坚毅，他那有神的眼睛以及微翘的嘴角，都透露出一股斗不败的韧劲。迎面而来的风拂起他长长的头发，他捋了捋飘至前额的头发，像是不愿让人看到他落魄和颓伤的模样。

火车载走了姐姐高中时代的亲密朋友。载走了袋鼠家的支柱。载走了我童年与少年时代骑士般让我仰慕的一个男人。

这一年真是多事之秋。

20

夏天的时候,二姐从外省某个劳改农场逃回来了。

自从二姐回来后,我们家便再也无法安宁。

我第一眼看到二姐,简直不敢相信,曾经是那样美丽的一张脸竟然变得如此憔悴,如此枯萎。二姐的面容极为疲倦,脸色泛黄,眼圈周围隐隐约约浮现一道道细纹。她像一只游历在外旷日不归的伤鸟,于今已筋疲力尽,瘢痕累累,她穿着一件皱巴巴的短衫,摊手摊脚地平躺在木板床上,令站在门口的我犹豫再三,许久不敢跨进门来。

少年时期的我一直不能明白,二姐怎么会有那么大的本事,在那些人的严密监视下,居然能从学校那间关闭她的仓库里潜逃出去。她兴许实在难以忍受精神与肉体双重的折磨,凭借星光月色,咬着牙锯断了仓库小窗上的铁栅。事后当人们发现这一切的时候,都不由得为二姐拥有侠客般飞墙走壁的非凡能力暗暗吃惊。不可忽视的是,当我的二姐像猎鹰一样轻灵地飞越那扇唯一通向自由的小窗时，她年仅十七岁，既无越狱经验，又无男人般的膂力。

二姐出现在灯火辉煌的港口码头，已是子夜时分。她惶恐不安地徘徊于树阴花坛之间，眺望江面上星星点点的渔火，心绪像江雾夜霭一样迷蒙。她觉得自己犹如那些停泊搁浅的船只，失去了飞翔的方向。家是不能回的，那次就是被樱桃母亲在家门口逮住后交还给学校，那些人才将她从一间教室转移到仓库去的。那么去哪儿呢？哪儿才是她逃亡的最可靠的目的地呢？

正在她迟疑不决的时候，一个肩挎旅行袋的男人在远处出现了，他像个幽灵似的从树丛后面窥视着她，将她踌躇的步履、忧郁的神情一一看在眼里。

我想，这个时候二姐走到了月色朦胧的江边，走入了这个男人的视线之内，那都是一种劫数和安排。二姐既然已经走到了这里，那么以后所发生的一切都是不可避免的。

我带着淡淡哀伤的心绪遥想二姐当年的逃亡故事时，情不自禁地会看到那一缕缕弥漫在二姐年轻旅途上的江雾。我宁可将那些江雾想象成浪漫的或富有诗意的。我宁可将二姐苦难而悲伤的逃亡经历，看作是一曲带点传奇色彩和幻想色彩并由小号奏出的悠远的咏叹调。二姐跟随那个讲话有点结巴的男人登上夜发的江轮,伏在被粼粼江面映亮的船栏上,凝视泡沫飞溅的白花花的江水,心情一定无比的轻松和舒展。她在那会儿所表现出来的愉悦神情,很容易被那个结巴男人曲解,他甜滋滋地观赏着意外的获猎物,误以为天真幼稚的姑娘对他这个刚刚结识不久的男人,充满小鸟般的依依恋情。

那个男人带着我的二姐步下江轮的甲板,来到黎明的岸上,又搭乘西去的汽车,经过长长的颠簸才抵达终点。这时我的二姐才知道,她来到了外省的一个劳改农场。步行几十里地,二姐看到一片种满西瓜的山坡上,孤零零矗立着一间破败不堪的茅屋,它像条遭人遗弃的叭儿狗蹲伏在那儿,悬挂屋檐下的破草席,像大大的耳朵耷拉着随风舞动。

在这间茅屋里,二姐给那个面色黧黑、骨骼粗壮的男人生下了我的外甥。

"要是那时候他一直对我像起先那么好,我也许一辈子就不回来了。"二姐面对我探询的目光,仿佛不堪回首地摇摇头。二姐不愿意继续回答我的提问,她陷入了所有的中年人都会产生的那种突如其来的对某件往事长时间的凝思和逗留之中。但我从她惘然若失而又不无忧悒的眼光里,仿佛清晰地目睹了那个男人喝醉酒后,怎样用瓜藤编成的鞭子一次次抽打我的二姐，然后撕下二姐的衣服，恣意凌辱她满是伤痕的肉体。

二姐先后七次逃离那间茅屋。那个恶棍六次将她从旷野荒原中捉拿回来。他软硬兼施，时而涎着脸花言巧语，表示要痛改前非，时而虎狼般凶狠，挥舞那把砍柴的斧子以死相逼。而短短几天过后，这个男人又一切照旧：酗酒，施暴，好似要把对生活的复仇情绪一古脑儿倾泻在我二姐身上。二姐最后一次成功地逃离那间茅屋，是在一个下着滂沱大雨的夜晚。她在那个男人的酒壶里放了药。只要再多放几颗，那个结巴男人便将永远地睡过去了。二姐乘他喝得酩酊大醉，像死猪一样沉睡的时候，迎着凄风苦雨，用一块长布条背着我的外甥，在泥泞的野地里逃遁而去。

二姐踉跄地回到我家时，见到母亲和姐一句话都没有，放下我的外甥，她打着哈欠伸了一个长长的懒腰，随后倒头睡去。她足足睡了一个星期，积蓄了充沛的精力，醒来后与母亲开始了马拉松式的吵架。

我对那个燠闷的夏天至今还记忆犹新。我清晰地记得二姐突然从木板床上跃起，头发凌乱，面容可鄙地大声尖叫。我的外甥在熟睡中被刺耳的叫声惊醒，号啕大哭。

"我不能原谅她，没人用这样恶毒的语言骂过我。"我母亲时隔几十年以后这样说。"我是为她担心，才让她早早地把那本日记簿烧掉的，而她却认为正是因为烧了那本日记簿，才使得那些人虐待她，威逼她，让她写下了厚厚长达几十页的坦白书。"

"你在日记里写了什么？"我问二姐。

"也没什么。"二姐凄然一笑。"不过是写了几段怀念父亲，希望能像别人那样拥有一个健全家庭的文字。"

"那你后来在坦白书里写了什么？"

"谁还记得。反正他们希望我怎样写我就怎样写。这叠厚厚的稿纸后来还给我时，我看都没看就扔进了火炉。"

二姐携子成功逃离劳改农场，躺在我家的木板床上，反思她十八年所走过的路，寻找致使她陷入重重灾难的根源时，她的目光久久停留在那本悬浮半空中的日记簿。于是，她豁然明白了什么。她用狐疑的定样样的奇怪眼神，盯着天花板看了半晌，然后，突然从木板床上一跃而起，朝着母亲发出了一声长长的凄厉的尖叫。

一个星期以后，等二姐稍稍平静下来，母亲带着她去了一家很远的医院。医生看了看二姐痴痴的神情和不时闪忽转悠的眼睛，很自信地往病历卡上写下了五个潦草的汉字：

精神分裂症。

21

  也就是在那一天下午,我看见少年时期的我满头大汗地从阳光灿烂的小街上跑来。

  我跑进小院,撞开门,大声地叫喊着。但屋内阒寂无声,一个人也没有。我放下书包,兴冲冲登上了阁楼。我翻箱倒柜,开始寻找什么。

  我寻找什么呢?

  那时候,母亲给我的零花钱是每月五角钱。我常常一个月不到就花完了。这一天我是看到了一本好书还是想去买什么文具,兜里的钱不够,于是,我想到了姐平素储存硬币的一只猪仔模样的钱罐。猪仔的臀部上有一条细缝,我能从细缝里抖出一些硬币来。我曾那么干过。

  那一天不知是姐将钱罐移挪了地方,还是因为我心急火燎的,怎么也找不到我想要的东西。后来,我搬过一张椅子,爬上去站得很高,把一只摆在大橱上面的黑皮匣的盖子掀开了。我经常看到母亲搬上搬下那只黑皮匣,但从不知道黑皮匣里究竟藏着什么。

  我把一只手伸了进去。手在皮匣里摸索游动。我皱起了眉头。片刻后,我眨巴着眼睛,像是有了什么重大的发现。

  那一年那个阳光明媚的夏日午后确实有点不同寻常。

天空中本来晴朗无比，整整一个下午，似金如银的骄阳烤得城市的街面滋滋作响，憩息枝头叶间的知了们一声声无休止地拖长着烦闷的鸣叫，仿佛在鼓励烈日的炙烤。临近傍晚时分，突然从东南方向飞来一群金黄色的蜻蜓，它们薄薄的翅羽经阳光照耀后闪烁黑色的光斑，像一片乌云聚集在小街的上空。

蜻蜓愈来愈多，就像一条巨鲸抖落的鱼子，密密麻麻，霎时间小街变成了拥挤的河道，天空被蜻蜓们遮蔽变得漆黑起来，飕飕的凉风开始在街面上低低回旋，一种不祥的阴影笼罩了人们的心头。事后一些上了年纪的人都说，几十年来，像这样奇异的景象从未出现过。那些成群结队蜂拥而来的蜻蜓像是得到了某种号令，它们奇迹般地从四面八方从长空天路上汇聚过来，构成了小街史无前例的壮观奇景。

半小时后，低回街面的凉风盘旋而上，房屋的门窗乒乒乓乓被风吹开，天空中飘落一些零星雨点，蜻蜓们呼啦一下一齐滑向地面，有的在半空中纷纷飞进那些打开的门窗。

随着一声惊天动地的雷电霹雳，一场罕见的暴雨从天而降。小街上的房屋在风雨飘摇中瑟瑟打抖。

一群蜻蜓飞进我家的小阁楼，它们在我身体的四周翩翩飞舞，那细若游丝的歌唱声微微带着一种忧郁的伤感，宛如遥远的牧笛在山谷间荡漾。

我从黑皮匣里拿出一筒卷纸。我慢慢展开那筒卷纸的时候，不知怎么的，内心涌现一种既神秘又恐惧的情绪。那卷纸完全平展在我面前的时候，我眉心紧锁，眼睛怔怔的，沉入了无边无际的迷茫之中。

那几张因为岁月的侵蚀而有些泛黄的纸，一份是我父亲和我母亲在我出生的前一年结婚的证书，一份是我出生的那一年法庭判决我父亲有期徒刑三年的判决书，还有一份则是监狱发出的死亡通知书。

我首先想到的是，与自己那么亲近的姐，还有哥，还有二姐，他们居然都还有另外的父亲；其次，令我震惊和伤心的是那么多年来，母亲始终瞒着自己，父亲根本不是什么得病而死的，他是一个罪犯，他是死在监狱里的。

我用迷迷糊糊的目光环顾了一下阁楼的四周，觉得这个家是那样的陌生，觉得一切都是那样的陌生。母亲是不真实的，姐是不真实的，自从我来到这个世上，就陷入了一个圈套。一个命运的圈套。

我相信谁呢？

我能相信谁呢？

蜻蜓们不断地飞进窗内，它们吟唱着，在阁楼里狂飞乱舞。

第五章

22

天蒙蒙亮,浙中山区的一条石块铺成的小路上跑来一个光头牛眼的汉子。他沿着弯弯曲曲的小溪,涉过一片茂密的甘蔗林,来到村头一栋瓦屋前。他神色慌张地回顾了一下晨雾缭绕的四野,急急敲响了那扇黑漆的木门。

半响,那扇沉重的木门吱呀一声打开,一个头发凌乱的中年妇女探出半个脑袋来。

汉子附在中年妇女的耳边,嘴唇飞快地嚅动。渐渐地,妇人的面容变得愁云密布。

"我已经五六年没有和他来往了。"妇人显得有些手足无措。

"别人可不管这些。你还是赶快逃吧。逃得远远的。"汉子说。

"那可怎么办？"妇人急得都快哭了出来。

汉子对妇人低声嘀咕了一阵，很快便在那条小路上消失了。

半小时后，曙色苍茫的野地里传来了一阵咕吱咕吱的声响。光头壮汉推着一辆木制独轮车往县城方向匆匆赶去。独轮车的木架子上，一边坐着那个中年妇人，她的怀里还抱着一个刚满两岁的孩子；另一边坐着两个不满十岁的孩子，大一点的那个男孩显然还没有睡醒，他的脑袋靠在他的妹妹的肩上，独轮车一颠一颠的，使得他不时睁开惺忪的睡眼，迷惘地瞥望一直延伸到天边的漫漫长路。

几乎与此同时，相距百里地的另外一个村庄，正被一群荷枪实弹的民兵包围了起来。持枪的民兵们封锁了各个路口，然后由十几个人组成的突击队慢慢向一栋粉墙瓦屋逼进。

那栋气派的瓦屋静静矗立在清晨朦胧的雾霭之中，它的两扇挂着圆型铜环的黑漆大门紧紧关闭着，犹如两片缄默肃然的嘴唇，对即将到来的大祸无动于衷。

一年前，这栋乡间瓦屋的主人，一个年逾六旬的干瘪老头，在某个月明星稀的夜晚，偷偷地回到了他的故乡。跟在他后面、替他提着一只黑皮箱的是一个十五六岁的毛头小伙子。

从那以后，每逢太阳出来的时候，乡民们总能看见那栋瓦屋前面的空地上坐着一个小老头。他的怀里揣着一只铜制手炉，他的目光痴痴地凝视着那轮炫目的乡间太阳，一动不动。时间长了，人们看到小老头长长眉须遮掩下的那对麻木的小眼珠也仿佛点燃的火柴头，有火焰在跳跃。那轮乡间太阳里究竟有什么东西使得这个历经沧桑的暮年人如此着迷？他就那么坐着，看着，像一座塑像。那个毛头小伙子拿来水烟袋，拿来紫砂茶壶，轻轻搁放在他的脚边，好像甚怕惊扰了老头专注的神情。直到太阳西落，毛头小伙子才一声不吭地默立在一旁，等待那个沉睡了一天的人缓缓起身，将椅子搬进屋去。

那个清晨全副武装的民兵闯入那栋瓦屋的大院，将干瘪老头从床上提起来的时候，他还靠在床上诵读一本《易经》。一星期后，也是在一个清晨，上山砍柴的几个乡民听到后山方向传来一声清脆的枪声。时隔几个小时，区政府大院的围墙上贴出了一张处决前国军将级军官的布告。

几十年以后，我在清明时节跟随一队山民进入那座浙中地区海拔最高的大山时，看到山道石级上沿途布设了各种祭品。当时我以为那是乡民们用来祭祀他们已故的亲人的，而一个手捧我的二姨妈骨灰盒的山民却告诉我一个听了让人毛骨悚然的传说。他说，那些供品是献给白毛山鬼的。很多年以来，每到下雨天，后山一带的山道上就会出现一个白毛山鬼。它满头白发，披着树叶在山道上狂奔乱吼。这个白毛山鬼身材矮小，于是人们都说那是当年被枪毙了的干瘪老头的魂灵再现。还有一种说法就更离奇了，按照持这种说法的人看来，当年在后山被枪决的不是那个军官，而是他身边的勤务兵。

"政府没有组织搜山吗？"我问道。

"搜过。但白毛山鬼会施弄妖术。你看那里——"

我顺着山民所指的方向望去，只见一道山壁刀削似的峙立在那儿，倒塌的崖石在万丈深渊下堆成一个山包。山包上经年历月，长出了郁郁葱葱的植被。

"搜山搜到那儿的时候，白毛山鬼发出一声怪叫，洪水一下冲垮了那道山崖，死了不少人哩。"山民在叙述过程中，脸上始终弥漫了一种恐怖的神情。

他说完后便一头钻进了一条羊肠小道，以后我再怎么问他，也无济于事。他板着脸，似乎甚怕说出什么不恭的话得罪了山鬼而遭不测。

这个流传山区几十年的传说一直萦回在我的心头。几天后我离开山区转道一个县城，借宿在一家水果店里，意外地找到了那条飘忽的历史线索。水果店老板曾在那个干瘪老头的手下混过饭吃，他说，他和许多人都不明白，当国军的官僚们在解放军的隆隆炮声逼近之际,纷纷携带家眷和财宝逃往台湾,而那个黄浦二期毕业的将级军官却置一切危险于不顾,偷偷潜回了他的故乡。

"要是他活到现在肯定是大陆的统战对象。他的身上还留着日本人的弹片哩。"水果店老板不无遗憾地说。

23

汉子先将包裹提上火车,然后又一手抱着一个孩子送妇人进入车厢。汽笛拉响,汉子跳下火车,站在月台上挥手与妇人告别。

列车隆隆驶走。几小时后,火车停靠在一个临近江边的小县城。播音员通过麦克风告诉乘客,因为前方在打仗,火车无法再朝前开了,请乘客们下车转乘一艘停泊江边的轮船。

妇人携带包裹孩子随着惶恐不安的人流登上了那艘江轮。

天亮的时候,江轮靠岸。妇人和她的孩子们走下甲板,徐徐的江风刮来淅沥的雨丝,飘落在他们的脸庞上。这时候,孩子们看到了烟雨迷蒙中那条由西向东滔滔奔涌的大江,他们欣喜得拍起了小小的手掌。

妇人的脸上毫无欣喜神色。她知道,从这儿到他们逃亡的终点——那座此刻被江雾所笼罩的城市还十分遥远。在这兵荒马乱的年月里,到哪儿去找车马。况且因为是仓促逃离,妇人身上所带的银元也极其有限。

人群渐渐散失,雨愈下愈大。妇人和她的孩子们蜷缩在岸边一个竹棚下,望着水天一色的江面发愁。孩子们又冷又饿,他们紧挨在一起的幼小身躯索索打抖。咆哮的江水翻滚不息,寒风一阵阵袭来,无情的大雨倾泻在竹棚顶上,发出噼噼啪啪的声响。

等待。长久的等待。

一小时后,朦胧的江面上出现了一叶小舟。对妇人和她的孩子们来说,这只小船无疑是命运之神派来的诺亚方舟。

妇人发狂似的冲出竹棚,跑向大雨滂沱的岸边,聚集起全身心的希望和力量,朝着那只漂浮在浪谷间的小船呼喊:"大哥——,大哥——"

妇人声嘶力竭的呼救声很快被江风刮走,只留下极其渺茫的一点点余音在苍苍茫茫的天地间游丝般地远去。江风和雨水吞没了她的身影,她的眼睛模糊了,雨水和泪水交织着,阻断了她的视线。

她眼睁睁地看着那只小船顺流而下。

她绝望地走回竹棚。在她沮丧的目光回望江面的一瞬间，她被一种始料未及的惊喜场面重新点燃了心头的希望之火：那只小船在几百米远的地方徐徐拢岸。

妇人再度跑向那只小船。她在跑向它的时候，内心完全被一种巨大的欣喜和兴奋所笼罩，她怎么可能知道，那个身披蓑衣的男人将一叶希望的扁舟摇向她和她的儿女们的同时，也将厄运和灾难带到了他们的身边。

就这样，我的身披蓑衣的父亲用他那强壮的手臂摇着橹，将我的母亲和她的儿女们在风雨飘摇的年月里载向我们这座城市，载向我们这个故事。

多少年来，我一次次地看到：铅灰色的天幕上，我的父亲驾驭着一只小船，穿破如织的雨雾，从滔滔的浊浪翻滚的辽阔江面上，从我母亲漂泊的逃亡史里，朝我驶来。

我不知道我该为此感到庆幸还是悲哀。

真的，我不知道。

24

镜子里呈现出一张陌生的脸：圆圆的脸庞，浓浓的眉毛，毫无特点的眼眶里，两颗黑眸镶嵌中央，既呆板又无光彩。隆起的鼻子的形状以及嘴唇与下颏所构成的线条都让人瞧着不舒服。

所有见过这张脸的人都说它是如何如何的英俊，如何如何的漂亮。当别人这样恭维我的时候，心里禁不住也暗暗有些得意，两片酡红浮上脸颊的同时，除了羞涩还蕴含一种喜滋滋的感觉。可当一个人独自面对这张脸，曾经游动心间的一丝骄傲几分得意，刹那间跑得无影无踪。

我沮丧极了。它是属于我的吗？这张令人乏味的脸。

现在，我开始用手胡撸头发。额际那簇天生有些鬈曲的黑发，无论撸向左边，还是撸向右边，都不服帖。试了几次以后，我想，我的头发是完了。它们怎么也不会顺顺当当侍奉我的脑袋，像那些善于修饰自己的漂亮小伙子一样，为我的脸增添光彩。我烦躁起来，血液直往脑门上涌，我狠狠地胡乱地将这张脸抹了一下，镜子里的它顿时变得凌乱不堪：头发披挂下来，眉毛一根根竖起，那道少年时期留下的伤疤如同蚕蛾般显露出来。我的腿肚子突然抽搐起来，心仿佛被什么虫子蜇了一口隐隐作痛。我迅疾地将眉毛抚平抚顺，遮盖住那道疤痕。

等我稍稍平静下来，以一种局外人的目光审视镜子里面的那张脸，我看到了它原先光洁润滑的皮肤上长出了一颗颗饱满的青春期红豆。它们好像在一夜间纷纷从皮囊里往外鼓暴，散布于各个部位。要说胸脯的胀痛，腋毛的生长还纯属我的秘密，那么这些讨厌的青春期赘物却在世人的目光中暴露无遗。它们像针刺绣花一样雕刻在我的脸上，且像庄稼地里的蒿草一样层出不穷。姐几次告诫我，别去掐弄脸上那些红色赘物，但我一个人的时候忍不住还会偷偷挤压那些豆豆的根部，直到弄出血为止。

我在抽屉里寻找梳子的时候，听到了门外传来了一阵喊喊喳喳的喧闹声。我回转身，看到邻居家的门口，一群孩子拥挤着朝门洞里张望。

我想起昨天是邻居家的大儿子结婚的日子。噼噼啪啪的炮竹声中，头上沾满彩色纸屑的新郎新娘款款走进小街的那会儿，我的心在慢慢沉落。我的嘴角歪向一侧，露出一丝不易察觉的鄙夷的冷笑。就这般模样的一个女人，我要和她厮守一辈子？想到要和某一个女人（这个女人此刻在我的心目中是那样的模糊和渺茫）永远地在一起，我不由得浑身一激灵，一股绝望和恐怖的情绪犹如汹涌的潮水顷刻间吞没了我的全身，我再一次体味到了童年时代坠落绿色湖底的感觉。

随着时间的推移，年龄的增长，我渐渐发现这个城市里有许多让人过目不忘的漂亮女孩，她们像春季雨后的蓓蕾，频频在我多情而忧郁的目光里绽放。当我走在街上，与那些充满生命活力充满青春气息的妙龄姑娘匆匆一瞥的刹那间，我即刻会晕晕乎乎，仿佛时间和空间都凝固了。随后便是无边无际的惆怅，无边无际的伤感。我觉得，与那些随时会出现在我视野中的漂亮女孩相比，曾经让我暗地里那样迷恋的桔子根本就算不上什么了。我甚至觉得自己会对小学时期一个普普通通的女孩怀有那种说不清道不明的感情而感到可笑。倘若让我来安排，我会设计出怎样一幅情感世界的浪漫图画呢？我决不愿像一只小公鸡那样，高昂蠢笨的颈脖，发出单调的咯咯声，护卫它身边的母鸡；我应该是一只自由飞翔的鹏鸟，借助优雅美妙的鸣啭，在世上所有的浓荫遮蔽的树枝间回旋逗留。如果有什么令我为之朝思暮想的幸福向往，那就是像贾宝玉一样地活着。那个整日里拈花惹草的情种，有如此众多的女孩簇拥着他，服侍着他，即使早早地仙逝，化作一缕轻烟，一块顽石，也毫无惋惜和遗憾可言了。

谁给了我这些花里胡哨的念头？

谁唆使我驾驭奇思异想的骏马，驰骋春天的旷野，作无拘无束、幼稚可笑的梦游？

我的残缺不全的生命史中，甚至没有一个男人可以为我提供产生这些想法的依据。而它们——我指的是那些玄思冥想，却瓜熟蒂落般地深深植入了我的体内。也许真的能在我的童年敌人指着我高高的鼻梁、鬈鬈的头发，抛给我一串"野种"的辱骂声中，听到我那不安分的血液里汩汩流淌的浮躁声音。

于是，我梳理好头发，整了整军装衣领，擦亮舅舅送给我的那双旧皮鞋，提溜起书包，怀着一团温情，走出小院，走向一段新的生命旅程。

25

这所中学位于一条弄堂的深处。因为场地窄小，很多人都三五成群地站在校门口，等待开学的第一声铃响。

我从人群里走进，低着脑袋，佝偻着背，目光所能看到的都是些肥大的草绿色裤腿和塑料底松紧鞋。我虽说上身有一件绿军衣，但裤子却是淡蓝色的，膝盖处已洗得发白。我也没有松紧鞋。我曾向母亲提出过希望能买条绿军裤和买双松紧鞋，母亲是连连摇头，说那穿在身上有什么好看？我不吭声了。心里极不愉快，也就是藏在心里。能对母亲说什么呢？说那是最流行最漂亮的一种打扮？母亲懂吗？我觉得，母亲愈来愈不懂我的事情了。

我走入校门口，斜刺里闪出一个人来，一把揪住我的衣服，冷冷的怪嗥声听了让人毛骨悚然。我猛地抬起头，不由得暗暗叫苦，眼睛顿时迷糊起来，脑袋嗡嗡作响，身体随之微微摇晃。那狰狞可怖的面容不分明就是过山风吗？

我痛苦地闭上了眼睛。我想既然命中注定自己难逃过山风这头恶狼的追踪，也只好认了，准备着皮开肉绽鲜血淋漓齿印遍体伤痕累累吧。

我等了很久。那利齿噬啃脆骨的咯咯声和尖爪扒拉皮肉的嘶嘶声仿佛快要走近了而又离去了。被噬咬被扒拉被玩弄于股掌之间并不轻易置于死地的疼痛感和耻辱感终究没有发生。这是怎么回事？莫非这头闯荡都市的恶狼已经吃饱了？我慢慢睁开了眼睛。

过山风朝我霎霎眼睛。与此同时，我的眼皮扑扑地跳个不停。

"老朋友，不认识了？"过山风拍了拍我的肩膀。说完，他笑嘻嘻若无其事地走掉了。

我依稀记起，就是这头过山风曾袭击过我的过去，而后又被老师从记忆里赶走，怎么忽然间成了老朋友了呢。

我一个人站在过道里怔怔地发愣。经受了刚才的虚惊，出门时的好心情遭到了破坏。过山风的出现，让我的思绪在一瞬间回到了过去。扫兴。原来我把今天的日子想象成一种希望，它与昨天的日子毫无联系。现在似乎收到了不知是谁提供的某种暗示，告诉我岁月的流水并未斩断。

我走上教学大楼的台阶。

台阶的两侧被一群女孩占领着。她们嘻嘻哈哈，大胆地审视评论每个走进校门来的男生。站得最高最为引人注目的三四个女生勾肩搭背，精心修饰过的头发上扎着彩色缎带，在阳光中熠熠闪烁。随着那些发育良好的身体的晃动，彩色缎带跳跳跃跃，模糊了眼前的景物。一片混沌之中，一条草绿色的缎带飘飞而来。隐隐地，我觉得眼睛有一种被刺痛的感觉。

我的目光从草绿色的缎带上面缓缓下移，终于明白是什么东西刺痛了我。

那是一双眼睛。一双圆圆的杏仁般的眼睛。

日后很长一段时间里，每当我想起这双眼睛，就会联想起鱼缸里那些游弋的金鱼。是这双眼睛像那些金鱼眼睛呢，还是这双眼睛就像那些金鱼，我一直未能理出个头绪来。

此刻，这双眼睛直勾勾地凝视着他。

眼睛里有一对黑黑的眸，黑眸一动不动。

不理会灼痛感，把眼睛迎上去，这对我来说是多么艰难的一件事情。我鼓足全部的勇气，才完成了短短的一瞬间的对视过程。

这是眼睛与眼睛的较量。

我想，没有比这更有意味更加精彩的较量了。它不需要武器和蛮力，但它却比任何一种角斗更需要意志和坚持。它容不得半丝的游移，容不得须臾的闪失，稍一走神，即刻败下阵来。

你看，仅仅是霎时间的缺乏自信，我便败得一塌糊涂：双颊绯红，目光旁落，蜷缩起脑袋，疾步遁入教学大楼之门。

雀跃般的一阵哄笑。那些女生一个个前俯后仰，你推我搡。

只有她还站在那儿发愣。圆圆的金鱼眼睛一动不动，两颗黑眸像粘在瓷人身上的假珠。她兴许还沉浸于刚才的较量之中；她兴许未能想到胜得如此轻易，仅仅一个回合，对手便鸣金收兵，落荒而逃。

她觉得太不过瘾了。

"你们看，石榴得相思病了！"一个身材颀长面容姣好的女生一边大声嚷着，一边将那个被叫作石榴的女生推下了台阶。

又是一阵哄笑。

被推下台阶的石榴猛醒过来，她回转身，像头母虎，勇猛地扑向戏弄她的那个女生。

我登上楼梯拐角处的时候，恰好能望到身穿翻领运动衣、头扎绿色缎带的石榴擒住另一个女生的胳膊，使劲胳肢她的景象。我不敢留恋这幅画面，只匆匆瞥了一眼，便从楼梯拐角那儿消失了。

我从石榴的视线里消失了。石榴暂时征服了那个身材颀长的女生，抬起脸庞，她仅仅来得及用眼波捕捉到了那转瞬即逝的晃动身影。目光所及唯留下一团模糊的遗憾。

我登上最后一步楼梯，看到走廊里聚满了人。教室的门口，一边是男生，另一边全是女生。这时，上课的铃声响了。靠近门口的男生或女生探头探脑的，谁都不愿意首先跨进教室去。女生堆里的几个领头的低声嘀咕了一阵，一个瘦瘦的女同学奋勇走入了教室，但后面的女生并未跟着进入，而是送去一片哄笑声。那个瘦瘦的女同学发觉上当后，仓促逃出教室，脸色绯红地追打着跟在她后面的女生。

男生这一堆里也演了同样的话剧。一个排头的男同学被人突然推进教室，回过身来他扬手便给了那个推他的人的脸上当面一拳。于是，两个人扭作一团，在地上翻滚起来。旁边的男同学见状一个个都朝他们身上倒去，像叠罗

161

汉似的叠成了一个人体山包。

"老师来了！"

随着一声呼叫，走廊尽头出现一个胖胖的戴眼镜的女人。她高昂着头，像头企鹅似的慢慢地一摇一摆走过来。

男同学纷纷站起，不知谁说了声"一、二、三"，男女同学一齐拥进了教室。那两个打架的男同学还撕扭着互相拽着衣领，戴眼镜的胖女人从他们身边走过，下巴颏抬得很高，像没有看见似的一摇一摆地走进教室。

我找了个座位坐下之后，看到了一张熟悉的脸。那是苹果。我小学时期的同桌。她的脸变得又红又圆，剪了一头短发，文静地坐在那儿。

我皱了皱眉头。希望所有的人都不认识我，希望逃避一切熟悉的东西的企望，随着过山风和苹果的出现，成了泡影。

我难道就无法甩掉跟踪记忆的魔影吗？

我难道就无法甩掉苹果吗？

我用仇视的眼光看着苹果。苹果察觉有人在注视她，转过脸朝我淡淡一笑，随即又恢复了原先的姿势。

胖老师开始讲话了。胖老师讲话时气喘吁吁，声音很轻很低。这时我才注意到，胖老师之所以把头昂得很高，是因为她的颈脖里长了太多的肉，她只有将下巴颏高高抬起，才能保证呼吸道的畅通。

胖老师讲了一节课，我一句都没听进。我始终盯着胖老师下巴颏那坨蠕动的肉块。

26

胖老师手里捏着一叠表格，身躯倚靠讲台一角，她的背后以及她抬得很高望得很远的目光底下，同学们鱼贯涌出教室。

我紧跟在一个同学的身后往外走去。

经过讲台的时候，我尽可能靠近胖老师肥硕的身躯，以免胖老师的目光扫射到自己。我以为选择了一个死角，好像两军对峙时，靠近火力点反倒安全。

胖老师的手里拿着的是一叠申请加入红卫兵的表格。她在下课之前已经把申请人所需要符合的条件说得清清楚楚。我之所以要绕过那些表格，一方面是潜意识里厌恶它们，另一方面觉得胖老师谈到的那些条件很抽象很渺远，无论如何也没法将它们与自己联系起来。

没想到，在我以为已经安全通过危险地带的时候，一只肉鼓鼓的手搭在了我的肩上。

我心里不由得暗暗叫苦。我又被认出来了。从几十个往外拥去的同学当中。我的沉默和躲避，无法像海滩上的黄沙，将我的面容和身体掩埋起来。

我回过头来，看到那只停留肩上的肥手背上有着不少坑。那只手的主人并不看我，她正与一个坐在后排的名叫香梨的女同学做着长距离的交谈。

那只肥硕的手往下摁我的肩膀。我不得不在一张椅子上坐下。

香梨咿哩哇啦地说着什么，她似乎在为某件事和胖老师争辩着。但从香梨和胖老师的脸上，都看不到一丝一毫的怒气。香梨是嬉笑着大声嚷嚷，眼睛一亮一闪；胖老师呢，眼角的鱼尾纹里蓄满一种怜爱，嘴里却低低地反驳着香梨的叫嚷。

我目睹着这场打情骂俏似的争辩。觉得很好笑。从开学的第一天起大家便发觉胖老师非常喜欢香梨，而香梨也明知这一点，搔首弄姿，愈发的口齿伶俐。香梨用非常清脆的嗓音朗读新学期的决心书，她把很多成语贴切地嵌入到她的朗读之中，惹得胖老师的眼镜片上不停地有亮晶晶的光点闪烁。

应该说，香梨长得还算标致：白净的脸上时常浮着腮晕，额际时常斜挂一绺刘海，刘海下两条眉毛淡淡的黄黄的，眼角高高吊起，活脱脱像一对猫眼。但不知怎么的，我瞧着她就是不舒服。那不是因为一些知道底细的人，在口角当中有意无意抖落出香梨家曾经拾荒的贫贱背景，也不是因为校园里一度传出香梨十二岁时为了获得几毛钱，听凭一个六旬老头狎昵的流言。

我从心底里烦她是因为别的。

那天胖老师请几个同学分发作业本，当然胖老师首先叫到的便是香梨。香梨坐在位子上支支吾吾就是不站起来。胖老师走到她面前，笑微微地看着她，香梨也看着胖老师，那眼光带着几分娇嗔几分怨艾。全班同学就这么等着。谁也不知道香梨为什么要磨磨蹭蹭拖延时间，谁也不知道胖老师为什么偏喜欢叫香梨来发作业本。

发到我的时候，香梨没有像对其他同学那样将本子直接放在桌上，她远远地捧着一叠作业本，朝我努努嘴，轻轻哼出一声"喏"。

我慢慢扬起脸，看到香梨打量自己的眼光里有一种奇怪的东西。她的眼光好像充满了敌意，而那敌意又分明含有一种挑逗的意味。她的小嘴紧紧抿着，歪向一侧，这使得她那张瓜子脸的形状变得有些古怪。

香梨的小手指轻轻一弹，写有我名字的作业本飞了出去。作业本在半空中优美地翱翔，最后啪的一声坠落地上。

我一动不动。冷冷地把目光伸向窗外。

"你不要得寸进尺啊。"香梨低声说。

过一会儿,香梨见我依然一动不动,只得弯下身子拣起练习本,然后狠狠地摔在桌上。这时她又重复了一句"你不要得寸进尺啊",这次她把嗓音抬得很高,把口齿咬得很清楚,把尾音拖得很长,"得寸进尺"环绕教室四壁作长长的回旋:一圈、两圈、三圈……

我怀疑,如果有可能,在那一瞬间里,香梨肯定愿意全校的师生都听到她那悦耳脆亮的念白:你、不、要、得、寸、进、尺、啊……

全班同学一齐把目光扫了过来。

这个人为什么要这样对待自己?我苦苦思索。

胖老师一摇一摆从过道向后排走来。她走到香梨的身边,肥硕的手抚慰着香梨的肩头,像抚慰一个伤口似的,嘴里轻轻咕哝道:"没什么事,没什么事。"

我的脸颊因为那一声清脆的嚷叫,因为愤怒而憋红了。我觉得小腿抽搐般地抖动,我竭力控制自己的情绪,把目光转射在窗玻璃上。若隐若现的影像始终凸显一个场面:一个男同学指着香梨的鼻子,带侮辱性的言语毫不留情地奚落香梨一家偷窃工厂铜丝转手卖给贩子的行径。可怜的香梨像只泄了气的皮球,再也发不出清脆悦耳的声音，她企图用哀求的媚笑来打动对方，低低地说着什么，小嘴飞快翻动，眼睛警惕地灵活地扫视四周……

乖巧的香梨与伶牙俐齿的香梨，高声哭叫的香梨与低低哀求的香梨同时叠化在窗玻璃上。我不知道应该怜悯她同情她，还是应该憎恨她诅咒她。

这一次我没有发作。谁料这样一来事情更糟。香梨好像处处要和我过不去，上课下课香梨见了我目光更加尖刻，它们死死地缠住我，仿佛要将我击垮击碎似的。香梨皱着眉，抿着嘴，尖尖的下巴颏儿高高抬起，充满了对我的敌视和轻蔑情绪。而在那恶毒的目光背后，我又恍恍惚惚感到一种说不清道不明的东西。

那是什么东西呢？

胖老师与香梨结束了她们冗长的对话。胖老师说："第一期黑板报就交给你们三个了。"说完后她就夹着点名册蹒跚地步出教室。

我回头看了看，教室里空空荡荡的，除了香梨，还有另外一个男同学熊猫坐在那儿。

三个人静静地坐了很久。下午西斜的阳光照进教室，将窗框的线条变形涂抹在桌椅上。操场上传来体育老师的吆喝声，学校女子篮球队开始了每天的训练。身穿苹果绿运动服的队员们身影矫健妩媚，一个个飞快跑动投篮。她们的头发以及宽敞的运动衣随之飘拂起来，像一团团绿色的火焰。

我正愣愣地出神，一颗粉笔头犹如子弹横掠过他的眼前，扰乱他的视线之后又如同流星一般滑落墙角。

我回过头去。香梨正狠狠地瞪着我。

"你们说话呀，该怎么办。"香梨说。

我思忖片刻，也不搭理香梨，一个人径自走到教室后面的那块黑板前，拿起粉笔开始设计报头图案。

一会儿，熊猫也走了过来。他朝我霎了霎眼睛，在黑板的另一头涂写起来。

27

下楼梯时有人截住了我。是体育老师。

我随同其他几个男同学，被体育老师带到操场篮球架下。篮球队的女同学散落地站在三米线附近。我看到一个身材颀长面容姣好的女生凑近旁边另外一个人的耳畔，悄悄地嘀咕着什么。高个女生蠕动的唇上长着一层细细的淡色茸毛，这使我猛然想起开学第一天的情景。我记得，就是眼前这个女生，出卖了那个名叫石榴的伙伴。她们撕扭在一起的画面顿时又浮现眼前。

"你到哪里去了？"

体育老师的喝斥声猛然打断了我的走神。很快，随着一抹晃动的绿色从教学楼的台阶上飘忽而来，我感到双眼犹如被灼伤般的刺痛。与此同时，高个女生漂亮的眼睛耀动着一种异样的光芒，她又一次和边上的人窃窃私语。

"我走开一会儿都不行吗？"飘过来的绿色反诘道。

我看到了身穿1号绿球衣的石榴。她一边用手帕擦拭水淋淋的手，一边委屈地朝体育老师高声嚷嚷，那双金鱼眼睛却直勾勾地看着我。

"走开也不说一声。无纪律。"体育老师继续埋怨道。

"上厕所尿尿也要说吗？"石榴赌气地问道。

女生们一阵哄笑。

体育老师似乎有点尴尬。他无奈地挥挥手，示意石榴赶快走入操场中央。

石榴并不因为体育老师的严厉而有些微的怯惧，她依然慢吞吞走进操场，边走边用金鱼眼睛盯视我。

体育老师先让我们几个男同学组成一个三角防线，然后将手中的篮球用力抛给石榴，让她率队组织进攻。石榴根据体育老师口授的旨意，将球传给高个女生，自己迂回插入底角右侧，高个女生带球突入篮下，几个男同学合力堵封，她忽地侧身把球传给底线策应过来的石榴，石榴接球后急停跳投，刷一下，球应声入网。

体育老师对这个球进行了简单的评析，接着吹了一下哨子，示意继续操练。

第二个回合是另外一个女生发球，石榴与高个女生交叉跑位，球最终落在石榴的手中，她运球跑一个弧线，恰巧站在左侧防守的正是我，我不顾一切地突上去，张开双臂像一只兀鹰。石榴大概没见过如此唐突蛮横的防守，面对我咄咄逼人的目光，她禁不住垂下了眼帘，手臂慌乱一扬，球便漫无目标地飞了出去，它越过高高的篮板，一直往教学楼前面的花坛那儿飞去。这个球既不像投篮，又不像是传球。同伴们都被石榴大失水准的这一举动搞得目瞪口呆，一个个杵在操场上面面相觑。

"你是怎么搞的？"半晌，体育老师才缓过神来，大声喝斥道。

石榴的眼睑是那样的粘稠，那样的沉重。这是怎么回事？连她自己都不明白，在那一瞬间，她的脑屏上竟会一片空白，圆圆的皮球似乎具有某种灵性，她怎么也无法控制它，使唤它，鬼使神差地，它固执地朝远处飞去。

我怔怔地站着。隐隐觉得自己或许应该对已经出现的局面负责。

高个女生微笑着。她灵秀的眼睛里泛着几丝狡黠的波光。

我是怎么会走进篮球场的？

我是怎样一步步走进那个沸沸扬扬的流言当中去的？

我觉得，篮球场如同一座陷阱，它远远地埋伏在我通向青年时代的道路上。它等候已久。

那时候，我能够绕过篮球场而去另外的地方吗？

先来看看我就读的那所中学。那时候没有考试制度，全部按地段划分，一个学校所接纳的学生基本来自相同的地区。我所生长其间的这个地区位于城市的最西端。它的后侧是一大片前身为滚地龙的棚户区。半个世纪前，二姨妈跑遍了这座城市的各个角落，最后选中在小街旁边造屋，我猜想是因为这块原本是荒凉茅草地的地皮价钱比较便宜。二姨妈当时做出这样的选择也许没有错。她大部分的积蓄都是含辛茹苦劳累工作换来的。她选中这块地皮的时候，当然不会想到日后她的妹妹也会逃奔这座城市，并需要她的接济。

二姨妈决定向她妹妹伸出援助之手的那一年，适逢我父亲春心荡漾，向我母亲提出了成婚的请求。所以，从某种意义上说，正是二姨妈的慷慨，才使得我父亲与我母亲有一个较为体面的场所，借以制造出我这么个情种。

然而，二姨妈在为一个漂泊之家提供庇护的同时，也无意识地让她当年的失误遗祸于我们这些后辈。我甚至怀疑，我们家庭的所有苦难，以及姐和二姐的人生悲剧都与我们的生长环境有关。

那时候，学校里充满了纷乱气氛。常常上课上到一半，突然爆发波及面很广的殴斗。一些头戴军帽、身穿军裤的学生都携带着暗器来校上课。诱发事端的导火线可以有很多。有时为了争夺一块地区的霸主地位，有时为了一个漂亮女生的归属问题，更多的则是分属不同帮派的小喽啰之间发生了一点鸡毛蒜皮的摩擦，进而导致大规模兵团性的群架。不同的阵营仅仅在刀刃相见的过程中显得泾渭分明，局外人看上去，有些人员的变动会很奇怪，很突兀。今天是头破血流拼死相搏的对手，明天可能携起手来共同对付新的敌人。

那时，我们班有一个留级生名叫鳄鱼，自从某一天校长将他带来交给胖老师之后，我们班再也没有太平过。一个星期不到，他遭到我们班两个出名的打架好手的围攻，那场殴斗的结果是鳄鱼的脑袋上被砸开了两个窟窿，鲜艳的血汩汩涌出，洒满了教室四周的白墙。这场纷争的起因，据说是鳄鱼有一天递了一张条子给我们班一个打扮得花枝招展的女生,而这个女生暗地里却被指定为豹子的"敲定"。豹子便是围攻鳄鱼的两个打架好手中间的一个;所谓的"敲定",照字面看,具有终身不变的涵义。

事过几日,鳄鱼脑袋上的缝针尚未拆线,他已按捺不住了,他暗地里用一条香烟买通了豹子的同伙。那天上课铃声刚响,鳄鱼手捏一把黄沙从外面走进教室,他走到豹子的座位前,突然将那把黄沙朝豹子的脸上撒去,这期间,原先参与毒打鳄鱼的那个男生从座位上跃起,一把抱住了豹子,将他的双臂死死箍住,于是头上还缠着纱布的鳄鱼,也稳稳地在豹子的脑袋上敲开了几个窟窿。

这起事端的全过程,都是坐在我旁边的鳄鱼自己亲口告诉我的。

豹子被摆平之后,鳄鱼便成了我们班的老大。豹子的女友也就成了鳄鱼的"敲定"。鳄鱼经常喋喋不休地向我炫耀那个花枝招展的女生与他打得火热的内幕。他拥有了公开议论那个女生的权利,他是她的征服者。我至今还记得鳄鱼涎着淫秽的笑脸,洋洋得意地向我披露他的隐私时的情形。他说那个女生的性子很急很猛,他说他能说出那个女生所有衰衣的颜色。

鳄鱼若隐若现的叙述,一方面使我脸红,使我浑身战栗,另一方面启蒙了隐藏在我内心深处的某种情智,激发起我的想象力,去做无边无际的春梦般的游历。应该说,当时处于朦胧状态而内心又浮躁不安的我,正是如饥似渴地牢记了鳄鱼叙述中点点滴滴的重要细节,日后才有可能与一个又一个女孩交往,并慢慢走向成熟。

在那些纷乱的年月里,殴斗并不仅仅局限于学校。每当夜幕降临,小街的各个弄堂口三三两两站满了手持三角铁、匕首以及钉了铁钉的拖把柄的中学生。一到夜晚,小街上的家家户户早早地闭门不出。听凭杂沓的脚步声和器械的撞击声回响滚动于小街的夜空下。兵团性的作战好像永无休止。公安局抓了几个为首的,平静一段日子,但过不了多久,各派选出了新的领袖,又重新开战。

我的中学同窗基本上就是由这样一些好斗者组成。整整四年间,从开学至期末,这所中学的英语老师只教会学生默写二十六个字母。物理课好一些,中学毕业时,大部分人明白了并联电路和串联电路有什么不同。很多年以后,一次偶然的机会,我回到了我曾就读的母校,她不幸已经变成了一座小学。面对一群小学生,我讲了一通所谓的个人成长史。我不知道那帮小学生听没听懂我的胡说八道,那个把我叫去的老师似乎很满意,她让一个女孩子给我送了一束鲜花。

我捧着鲜花走出教室,路过篮球场我停下来。我站在那儿凭吊般的心情肃穆。我看见空荡荡的篮球场上奔跑着一个十几岁的男孩，他跑向球架，跑向天空，格格的笑声在操场四周回荡。他最后一个腾跃，身体高高飞起，衣衫被风鼓动得猛烈抖颤，他一甩头，潇洒地将手中的篮球投入高悬的球网。这时，他凝固在半空中了，他的双臂张开，他的生命似乎被一种神奇的力量展开，久久地悬浮在蓝天下，像一只自由舒展的气球，超越了嘈嘈杂杂的人间。后来，他开始缓缓活泛，缓缓下落，降停在尘烟弥漫的操场上。他又一次起跑腾跃，又一次凝固，又一次降落。腾跃，降落，降落，腾跃，岁月无声地漫进篮球场……

春天到来的时候，在我的一再要求下，母亲替我买了一套球衣球裤。有了这套球衣球裤，我几乎把青少年时代的大部分时间虚掷于篮球场。清晨，离上课还有两个多小时，我便早早来到学校打球；晚上，我又是最后一个离开学校。我如此迷恋篮球场，除了在那儿可以经常看到我所喜欢看到的女篮队员，还有一个原因是我那时候几乎没有朋友。我曾和兔子邂逅过一次，他还是那么的话多，发育过的嗓音又粗又哑，说话时大喉结上下跳动，我几乎没说什么话便离开了兔子，我不喜欢大喉结的男人。

鳄鱼来到我班后，情况发生了变化。很奇怪，鳄鱼有事没事喜欢来找我。我一直没有想通,鳄鱼为什么把我当作他的同道。我不会打架,当不了他的帮手,也帮不了他如何的忙。一次,他热情地邀我去他家做客。在他的斜屋顶房间里,他掏出两支烟,把其中的一支递给我。我恐惧地摇摇头。鳄鱼满不在乎地嘿了一声,他发黄的手指夹着烟伸到我的眼睛底下,而后说是朋友就抽一支。

我从鳄鱼手中接过香烟。我的手指抖抖索索。香烟衔进嘴里,鳄鱼划亮火柴给我点着。我战战兢兢地吸了一口,顿时觉得烟雾顺着气管往胸腔内突进,然后围绕着五脏六肺作久久的盘桓。吸了我平生的第一口烟,我的脑袋开始晕晕乎乎,我的身子变轻在缭绕的烟雾中上升,我的心变得像铅块一样沉重不断地下坠。你变坏了,你变成一个臭流氓了,我在心里暗暗咒骂自己。

鳄鱼似乎并不理会我的矜持和犹疑,他自顾自点了一支烟,夹在两指间,深深地吸,又深深地吐,像有无穷的享受与回味。他开始详细地述说他是怎样把我班那个花枝招展的女孩第一次带进这间小屋来的,他是怎样解开她衣服的纽扣,怎样褪下她的裤子,随后又怎样把手覆在她的胸脯上,捏住她的乳头轻轻转动,他的手在她身体上下游动摸索,她发出快意的呻吟和浪笑,最后他怎样果断地将她按倒在床上,她贪婪而饥渴地一把抱住了他……

手指上的抖动带动了全身，我为了掩饰自己的焦灼不安，拼命吸烟，以至于大声地呛了起来。鳄鱼眉飞色舞的述说被我的咳呛声打断，他奇怪地看着我。我既害怕他继续往下述说，又非常渴望他述说下去，这种矛盾的心绪折磨着我，使得我如坐针毡。

几天后，当我手持一张表格，面对胖老师，面对香梨，面对熊猫和其他一些同学，鳄鱼那张被烟雾萦绕的淫笑着的脸庞突然出现在我的眼前，于是，我再一次体验到了身体往上升，心往下沉的感觉。

我班第一个加入红卫兵的是香梨。胖老师鼓动我与熊猫加入红卫兵的时候，我班只有香梨一个是组织里的人，所以香梨便成了我和熊猫的介绍人。

熊猫先念申请书，他没念几句，鳄鱼的脸在门上的小窗里闪了一下，我看到他朝我招了招手。我心想坏了，鳄鱼又要问我借钱了。自从在鳄鱼家抽了第一支烟后，他常常暗地里和我一起抽烟。烟抽完了，鳄鱼会很慷慨地掏钱去买。他没钱了，就向我借，我当然不会要他还。借了一次以后，鳄鱼知道我讲义气，也不会拒绝他的要求，就常常向我开口。我把所有的零用钱借完了，不得已只好去拿姐存在钱罐里的钱。钱罐里的钱满了，我便悄悄倒出一些，再满再倒出一些，储钱罐成了一只无底洞，姐永远无法填满它。发展到后来,我也从母亲和姐随意放置的皮夹子里拿钱。有一天母亲和姐都将她们的皮夹子保管得很好,钱罐已经明显地浅下去,不能再往外倒了,而鳄鱼的烟瘾上来了,急得团团转,我不忍心看着我唯一的朋友愁眉苦脸,咬咬牙悄悄地把家里那只铜制的汽炉偷出去卖了。卖掉铜炉的钱使得我与鳄鱼阔绰了整整两个星期。

熊猫念完申请书便轮到我了。我正担忧着怎样替鳄鱼搞到烟钱,胖老师叫唤我的名字,我猛然一愣,突兀地站了起来,惹得大家哈哈大笑。我开始念申请书,我竭力想抹去鳄鱼那张隐埋于烟雾中的淫笑的脸,我竭力想忘掉那天在鳄鱼家里所体验到的感觉。我念完了,坐下,我不知道自己是怎么念完申请书的。

胖老师刚欲开口说什么,香梨举手要求发言。

这一天学校方面有很多人来参加我和熊猫的审批会。我想,香梨在那天的表现一定给人们留下了深刻的印象。

香梨征得胖老师同意后,站起来,用清脆悦耳得像玉珠落盘一般的声音指出我念申请书过程中的疏忽,她说,我没有念"家庭出身"这一栏。

全场静寂。

我的脸刷白,转而又变得通红通红。我的目光落在表格上,"家庭出身"那一栏是空白的。我没有填写那一栏。

我不知道怎样填写。

后来,我猛地推开桌子,飞跑出了教室。

我感到自己像一只鸟一样飞了起来。我知道,我的病又要犯了。

一个人突然从天而降,奔过来抱住了我,使我终于没能飞向天空。

是鳄鱼。他指了指篮球场对我说,他已经和几个女孩约好一起打篮球。我朝篮球场望去,看到石榴和高个女孩正欣喜地向我招手哩。

我没有被红卫兵组织吸收,像丧家之犬流落于篮球场。

第六章

28

江鸥远远地盘旋。粼粼的水面上，冒着烟的拖轮突突驰去，犁出一道扇形的波痕。鸥鸟聒噪着追逐涟漪的波纹，一次次朝下俯冲，将尖喙插入水中，叼起那些鲜活的鱼虾。

高大的船坞静静躺在岸边。从江面飘过来的浓烟弥漫了它的周身，使得它像云笼雾罩的山峰一般忽隐忽现。船坞下，蝼蚁似的人流涌动不息，几辆装卸车穿出人流，飞快地行驶着。

工会主席头戴藤帽，手持一杆小旗，指挥工人们卸下一艘泊船上的货物。他衔在嘴里的哨子瞿瞿作响，催促手下的人加快步伐，迅速搬箱运物。那艘货轮底舱漏水，如不很快卸下舱里的货物，一些重要物资就将浸泡水中。

沿岸的一条小道上,一个工人急匆匆赶来。他走到工会主席的身边,低声说了几句。

"我不去,你告诉军代表:我现在走不开。"工会主席听完那个工人的话,挥挥手中的小旗,示意那个工人靠边站。

那个工人欲语又止,讪讪地走了。

厂部办公室。威严气盛的军代表倒剪双手,在屋子里来回踱步。办公桌旁,坐着一个脸色萎靡的中年男子。

军代表的目光透过窗户,看到门外的大路上一个工人孤零零走来,连忙迎到门口问道:"怎么,他没有来吗?"

工人摇摇头。他的目光与军代表威慑力很强的目光对接后迅疾移开。

"看看,你派人去请都请不来,可想而知,我这个厂长平时是怎么当的。算了,也不要选举了,厂长就让给他吧。"那个脸色萎靡的男子阴阳怪气地数落道。

军代表的脸即刻阴沉下来。

"他觉得自己在工人中的威信高,不把我放在眼里也就罢了,不把你军代表当回事就太狂妄了……"男子继续唠叨不休。

"你他妈给我少说两句好不好?"军代表不耐烦地打断了男子的话。他伫立窗前,竖得很高的浓眉下一双英武的眼睛射出咄咄逼人的光芒。

傍晚时分，夕阳的余晖涂抹在江面上。船厂深处传来几声铁锤敲击硬物的叮当声。

工会主席身穿淡灰色的中山装，夹在人流里朝工厂门口走去。一个工人挤过来，拽了拽工会主席的衣袖，然后朝远处努努嘴。工会主席回转身，看到一堆废弃的钢铁杂物前面，背转身站着军代表。

工会主席思忖片刻，慢吞吞向军代表走去。

"怎么，请了你几次都请不动啊？架子不小嘛。你看，我在这儿恭候很久了。"军代表缓缓转身，眯缝起双眼好像不认识似的上下打量工会主席。

"……我没有这样的意思，"工会主席显得有些结巴，"只是……我觉得没有什么好谈的，我已经说过，工人们选谁不选谁我做不了他们的主。"

"今天我不和你谈选举厂长的事，我想和你谈谈有关你的事，这也不行吗——"军代表抬高了嗓门，将那个"吗"字拖得很长。

"有什么事请明天再谈，我家里还等着我回去呢。"工会主席的目光投向远处，固执地凝视着一棵树叶飘零的杨柳。

"你居然可以这样和我说话，你对你自己的事难道一点也不着急吗？别忘了，你是有严重历史问题的人。"军代表冷冷地说。

"你……你是想以此来压我？对不起，我现在没工夫和你谈。"工会主席一扭身，气呼呼朝厂门口大步流星地走去。

军代表冷冷地望着工会主席渐渐远去的背影：

"哼！没工夫，你会有工夫的。我倒要看看是鸡蛋硬，还是石头硬。"

29

"你到底有没有问题啊？"

妻子用一种忧戚的目光审视着工会主席，仿佛要从他的脸上看出可以让她放心的东西来。

"我能有什么问题？"工会主席将一块鸡肉夹进妻子的碗里，"吃吧吃吧，我要有什么问题，解放那年也都向组织上交代清楚了。"

"不管怎么说，你这样对待军代表，我总有些担心。"

"好了好了，有时间我找他谈一次还不行吗？我对军代表没意见，主要是看不惯厂长，他在厂里到处放风，说我要和他竞争下一任厂长。好了，你快吃吧，菜都要凉了。我去看看我们的宝贝儿子。"

工会主席离开桌子，走到摇篮旁。出生才两个月的婴儿躺着也不太平，手脚高举，乱踢乱抓，一只大脑袋左右摇晃，像拨浪鼓似的。工会主席被儿子的稚态逗得心花怒放，他俯下身子，将胡子拉碴的脸顶在儿子柔软的小肚子上，婴儿极为灵慧，他好像明白父亲这一动作里的全部含义，舞动手脚，迎合着父亲的抚爱，嘴里呀呀地还发出兴奋的喊叫声。

"你当心弄疼他。"妻子转过脸，微笑着静静观望起这一对配合默契的父子。他们的周身都浸泡于幸福和喜悦之中，他们是那样的忘情，忘情于这个世界，忘情于她。她觉得自己被一种充满诱惑力的巨大幸福搁置在一旁。

这个场景里的妻子就是我的母亲，工会主席即是我的父亲。无疑，那个躺在摇篮里的婴儿是我。当强壮的父亲手撑一叶扁舟，在雨幕笼罩的江边接济母亲及她的子女时我还没有来到人世。那些往事都是由母亲转述给我的。

"是的，当时我是有些妒忌，"母亲的眼中仿佛还浮现父子亲昵的情景，"但我无论如何也不会想到，我的妒忌是那样短暂，那样具有杀伤力。一星期后，厄运向我们这个组合不到一年半的家庭悄悄走来,军代表在他的办公室签署了一份逮捕令,一小时后,警车带走你的父亲,很奇怪,那一刻我想起了我的妒忌。我甚至隐隐约约觉得,我的妒忌情感里有某种诅咒的意味,我甚至觉得,我是一个像算命先生所说的克夫的女人。"

我的母亲用平淡的口吻轻轻说出的这些话使我震撼。老人抚了抚霜白的鬓发,一张布满皱纹的脸转向窗外,她的眼神定定的,似乎望得很远,又似乎什么都没看到。

"你不应该这样想,母亲,那时候政治形势复杂,政府在惩治坏人的时候,很可能也错抓错杀了一些好人。"

"不,我说的与政治没有关系。我说的是命。探监的时候我问过你父亲,我问他为什么没去找军代表。他说他去找过,找了三天,平时军代表一般都在厂里很好找,而那三天偏偏没了踪影。一九七八年,一个女人找上门来,为她丈夫的过失向我道歉。她丈夫临死前曾与她谈到了二十年前的一件事。我们在很偶然的谈话中,无意地澄清了当年弥漫你父亲和我心头的一团疑云。警车带走你父亲的前四天,军代表的妻子——也就是二十年后坐在我前面的这个女人——小产了。这才排除了军代表那几天故意回避你父亲的猜测。那么是谁让军代表在那几天里丧失了他的儿子(抑或女儿),从而使他带着一种阴郁心情签下那份逮捕令的呢？还有，法院最后判定的刑期也不过两三年，倘若你父亲熬过去了，挺到现在，也许事情都弄清楚了，可他偏偏熬不过，原先那样结实的身体，在狱中竟然是大病一场接一场，我最后一次看到你父亲的时候，真的，我以为是看到了一个鬼魂。他生的是什么病，连狱医都说不清。他们曾给他会诊过，但什么也没能查出，后来就这样莫名其妙地死了。你说这不是命又是什么呢？"

面对老人饱经风霜的脸上浮现的迷惘神情，我不知该说什么。我觉得我所能想出的宽慰老人的话都显得那么虚假，那么无力。

根据母亲的叙述，大致可以设计出几十年前萦绕岁月浮尘的一个个模糊场景，我无法用今天的目光去甄别处于当时环境里的人的行为的正确与否，也无法完全滤清我母亲在叙述和回忆往事中的倾向性，借以判断历史事件的真伪。对我来说，父亲为何被捕为何而死并不重要，重要的是我尚未走出摇篮，父亲便抛弃了我。

一个让我无数次设想，涂改其脸部形象的男人，挥舞粗壮的臂膀，将我的生命之舟摇向了茫茫大海，而后这个男人突然地弃舟而去，任凭一叶扁舟漫无边际地漂荡海上。

这就是我心目中关于"父亲"这个词的涵义。

30

体育老师接过我的学生证,将它插入一只小木盒的格子里,然后把一只篮球从窗口递给我。我捧着篮球沿着长长的走廊朝操场走去。走廊尽头,门框所构出的夏日傍晚景色,经过夕阳的涂染,色泽浓郁凝重,犹如一幅尘封久远而依旧艳丽的油画。门框的左边,被竹竿般长长的身体遮挡了,黄昏余晖无法直接涌入幽冥的走廊,于是便贴着臂弯袅袅上升,爬过瘦削的美人肩,汩汩流溢。漫漶身体四周的一层白光火焰般跳动,使得门框里的景象影影绰绰,十分的虚幻。

"石榴问你去不去看电影?"

倚在门框上的人又问了一句。这次还伴着一阵嘿嘿的嬉笑声。

我走过去,想看清那张灰暗的脸。似乎有一种忐忑的急切促使我加快脚步,我觉得,那是一张我渴望看到的脸。

顾长的身影还没等我靠近,倏地从门框内消失了。流动的夕晖即刻像潮水决了堤似的扑向我。我暴露在一片溟濛之中,内心空落落,仿佛被掏走了什么。

我走出门框,走进了夏日傍晚的风景。高个女生轻盈地像头小鹿似的一跳一跳跑向篮球架下。我的视线被她所牵引,目光里飘浮着长长的黑发。

很快,我看到了一双金鱼眼睛。石榴站在篮球架下,她像等待审判似的等待着高个女生。高个女生飞快与石榴说着什么。这时,石榴也发现了我。沐浴在夕阳余晖中的我手捧一只篮球,孤零零地伫立在教学楼的台阶上,如同一座雕像,既忧伤又落寞。她的嘴唇朝我蠕动了一下,随后凝成一个微微开启的形状,像是探询的问号。

我虽说没有听见石榴的话音,但分明已从她的神态里体味到了其中的含义,心扑通扑通地跳个不停,腿肚子抑制不住地抖动起来。目光所及的景物都是那样的如梦似幻,那样的不真实。渐渐地,血液涌上了脑袋,嗡的一下,我觉得世界爆炸了。

命运将我的青春期安排在一个滑稽尴尬的时代。

一方面是封闭,是隐约感到什么之后的压抑和逃避,像已经描述的那样,我所在的那个班上的男女同学基本不相往来,上课铃响过后,男同学和女同学分成两拨,堵在门口推推搡搡,好像谁先踏进教室谁便踏入了伊甸园;而另一方面是骚动,是鳄鱼喋喋不休的详尽的关于怎样玩弄女孩的猥亵叙说,是不断的弥漫耳边的谁是谁"敲定"的信息刺激。所以,当我那样明确地被一个女孩邀请去看电影,当私下里不知想往过多少次的事情,突如其来地降临头上,我有点不知所措了。我既没有摇头也没有点头。我只是木然地远望着操场上那两个女孩。

也许在石榴看来,我的迟疑意味着默许。

这天我去还篮球准备回家的时候,高个女生突然从过道拐角处闪出,将一张电影票往我手里一塞,随后扭头就跑。楼梯上传来一阵杂沓的脚步声,一群女同学叽叽喳喳地下楼来了,我赶紧把捏着电影票的那只手伸进裤袋,手重新拿出时掌心湿漉漉的,沁出一层密密的汗珠。

从高个女生手里接过电影票之后,我的心再也无法平静。我像做贼似的密切注意着周围人的反应。走在马路上,只要有人看一眼,我即刻心虚地低下脑袋,涨红脸悄悄地溜走了。

回到家,母亲和姐正说着什么,见我跨进家门,中断了谈话。我一声不吭登上楼梯,躲进阁楼反锁了房门,从口袋里抖抖索索掏出那张电影票。

电影票已揉得皱巴巴汗津津的。回家的路上我一次次把手伸进口袋,既怕触摸到它又怕遗失它。现在,我放心了,票子就放在面前的桌子上。我恐惧地盯着它,仿佛盯着一件凶器。同时它对我又充满了诱惑,让我焦躁不安兴奋不已。闹钟滴答滴答地走动,电影开映时间是晚上八点,我坐立不安地等待着。

吃晚饭的时候,母亲与姐不停地谈论一个男人,母亲总是提出问题,然后由姐姐回答。我后来才知道,她们在谈论我未来的姐夫。姐已到了谈婚论嫁的年龄,一个热心的同事给姐介绍了对象。那时候,我沉湎于篮球场,无暇顾及这件对我家来说也许是很重要的事。

过道门发出了很大的声响。门打开后,走出了二姨妈。姐立刻闭嘴不语了。自从那次因姐的同学而起的冲突之后,姐和二姨妈几乎不怎么说话。这天的二姨妈打扮过了,头发梳得整整齐齐,穿了一条棕色的纱制短旗袍,稍加修饰的二姨妈在夏晚的灯影里显得比她实际年龄要年轻得多。

二姨妈环视屋内,嘴里嗫嚅着,神色有些怪异。她往前跨了一步,这时我们看到她身后的灰屋子里闪出了一个笑呵呵的男人。这个男人满脸皱纹,头发却染得乌黑。

我见过这个壮实的男人好几次,他是针灸师,据他自己说,出身中医世家的他,徒弟遍及海内外。针灸师随身带着一个小小的铝盒子,里面放着若干银针,只要一有机会,针灸师就会拿出他的宝贝玩意儿,主动热情地要给别人扎针。针灸师是中国针灸的狂热信徒,他对针灸的推崇到了无以复加的境地。他说神奇的针灸可以包治百病,他无数次妙手回春,将一些大人物从死亡线上拉了回来。

我领教过针灸师的技艺。那次我中耳炎发作，躺在床上痛苦呻吟。二姨妈把针灸师请来了。他拿出小盒子，在我脑袋上手臂上扎满了银针，使我变成了一只大刺猬。几分钟后，疼痛感似乎真的减轻了，二姨妈见我停止了呻吟，脸上露出慈祥的微笑。而喜形于色的针灸师呢，则坐在边上翘腿抽烟，喷云吐雾，那神情好像是说：怎么样，这下你该放心我了吧。但当针灸师拔走了那些银针，没过多久，我又开始了呻吟，呻吟声还比以前大了许多。

把针灸师带到二姨妈那间灰矮房来的人是三姨妈的儿子。三姨妈的儿子据说是针灸师的关门弟子。在我童年的记忆里，能够光顾二姨妈家的男人少而又少。而频繁像不速之客突然出现在二姨妈面前的男人就是三姨妈的儿子。他能说会道，外号"天公神仙"，上至天文地理，下至鸡毛蒜皮，几乎没有他不知道的。他一来，就手脚勤快地帮二姨妈干这干那的，嘴里是二姨妈长二姨妈短，显出百般的殷勤。但二姨妈似乎并不喜欢她的这个外甥，她像个出色的外交官，永远是一副不冷不热不卑不亢的表情。

遥远的岁月里，有一个场面是难忘的，那一天我正在玩耍，看见红楼房前，二姨妈和"天公神仙"撕扭在一块，二姨妈弯下身子，拼命捂住腰部的一串钥匙；"天公神仙"则红着脸，奋力要去抢夺那串钥匙，嘴里还不停地嘟嚷着：让我进去参观一下不行么，就看一眼不行么。我觉得，那时候的二姨妈真像宁死不屈的刘胡兰，她拥有钢铁般的意志，就是不向"天公神仙"打开红楼房那扇油漆光亮的木门。

"天公神仙"后来是急了，狗急了也会跳墙，他太没面子了，尤其是当着我这个表弟的面，他脸上的青筋暴突，终于说出了憋在心里很久的话：

"我走过三江六码头，吃过奉化芋艿头，你以为我没事干一次次往你这儿跑，给你做牛做马，我忙着哩，事情多着哩，我来讨好你，像儿子一样地孝顺你，是看你孤苦伶仃没后代，儿子也不能看看自己的家吗？"

二姨妈的表情一下凝固了，她捋了捋散乱的头发，一字一句地说出了以下的话：

"你以后尽管忙你的事情，我不用你来可怜。我就是躺在床上要死了，也不会认你做儿子的，你就死了这条心吧！"

二姨妈说完，凛然地走向了灰矮房。

二姨妈要"天公神仙"死心，他显然是做不到，可是他和二姨妈已经闹到这地步了，不得已他只能曲线救国，搬出他的师傅针灸师了。你不认我做儿子，给你介绍个老伴你总不会拒绝吧。针灸师就这样来到了二姨妈的身边。

"你们这么早吃晚饭啦?"针灸师乐呵呵地和我们寒暄,接着他抬腕看了看手表,又自我否定地说,"哦,也不早了,夏天,天黑得晚。"

针灸师满脸皱纹,但他抬腕的时候,我看到了他手臂上一大块一大块的肌肉。

"我呀,一直劝你姐生活要有规律,"针灸师对母亲说,"按时吃饭,按时睡觉,还有,要增加营养,你姐是长期缺少营养呵,光吃玉米糊不行呵……"

针灸师还想往下说,母亲朝他使使眼色,针灸师回过头,看到虎着脸的二姨妈,连忙刹了车。

"好好,你们慢慢吃,我们不影响你们,走吧走吧。"针灸师边说边推搡着二姨妈。

"我的事情不要别人来管。"二姨妈气咻咻地说。

"好好,不管不管。"针灸师像哄骗孩子似的把二姨妈推进灰矮房,关上了过道门。

那天晚上我的心思早已飞出了小院,匆匆扒拉了几口饭,就离桌上了小阁楼,我在枕头下面找到了那张电影票,长长地吁出一口气。我没把电影票带在身上去吃饭,那样我觉得不安全。

我小心翼翼地下楼,心里胡编着出门的理由。这时我看到过道门又缓缓地打开了,走出来的是针灸师。他耷拉着脑袋，一副颓唐的神情，他摇着头对母亲说：

"没办法，我和你姐合不来。以后我不会再来了。"

说完，针灸师大步从我们家的小院走了出去。从那以后，我再没见过针灸师。

31

天色渐渐暗下来。车站上站了不少人。几个年纪很大的候车人啪嗒啪嗒把蒲扇摇得山响。一个穿裙子的漂亮女人站在昏黄的路灯下蹬着腿，驱赶吸附上来的蚊子。我远远地退缩在角落里。

一辆电车驶过来停靠站牌，人群蜂拥而上，我犹疑地四处观望，究竟是上还是不上，车门打开后厢里那么多人会不会有认识自己的人。

车门快要关闭的刹那间，我像使出了吃奶的劲，嗖的一下朝前蹿去，一只手顶住合拢来的车门，身子钻进了堵在踏板上的人群里。一个身穿丝绸衬衣的男人警觉地回转身，用臂肘推了推我，随后摸摸他自己的口袋。我狠狠白了男人一眼，怀着一种莫大的耻辱感朝售票员座位那儿挤过去。

电车摇摇晃晃像个醉汉似的朝前行驶。

电影院坐落在闹市区,我下了车,人流旋即将我裹挟了。热烘烘的气息扑鼻而来。与闷热难熬的车厢一比,毕竟看到了窄窄的星空,毕竟有了可供穿梭的缝隙,人流涌动所带来的几丝晚风,虽说还掺和着燠热的地气,毕竟是流畅得多,凉爽得多。

我通过检票口走进了电影院的玻璃大门。开映的时间未到,大厅里人来人往,气氛杂乱,致使我的眼前十分的迷离晕眩。我偷觑了一下四周,唯恐看到那双熟悉的金鱼眼睛。我真想找个地方把自己藏起来,避开那双金鱼眼睛,也避开所有的眼睛。这时,有几个男人朝旁边的一扇小门走去,那扇门角上竖了一块木牌,我灵机一动,跟在别人的身后,走进了那扇小门。

男人们走出又走进,那扇小门不停地摇晃。我找到一个角落,解开裤子门襟的纽扣,像模像样地站在那儿。男人们一个个系上裤带,洗手,走出小门。我用眼睛的余光观望着走出去的男人。

我一动不动地站着,站着。电影开映的铃声响了,男人们鱼贯而出,只剩下我一个人了。我的脸上浮现出一丝胜利的微笑。慢慢系上裤子的纽扣,又慢慢走到洗手池前,笼头滴滴答答掉落的水珠慢慢浸润我的手背,手腕,手心,手指。水珠滴落指尖引起一阵发麻的感觉,这种感觉沿着臂腕流进身体。我注视着自己的双手,发现这双手有些微微发抖。

我走进黑黝黝的放映厅,凭借银幕上映出的微光寻找座位。先找到排号,又很快找到了座号。我的座位靠近走道。越过一张椅子,我在空位上坐了下来。坐下后不久,觉得手背上触碰到什么东西,粘乎乎的,我略略转过头去,猛地看到一双熟悉的眼睛。尽管四周漆黑一片,那瞳仁里的两颗亮点依然拥有灼人般的穿透力。

唔,石榴努努嘴,示意我接过她手中那块已化得滴水的冰砖。我低下头三口两口吃完了冰砖,手上又湿又粘,正发愁之际,石榴递过来一块手帕。擦完手又擦了擦嘴唇,我闻到手帕散发的一股馨香,使劲闻了闻,却是冰砖的奶味。手帕还给石榴,石榴也擦了擦手。我想,等她擦完,那手帕肯定已湿透了。

我正襟危坐看电影。放映机飞速转动,发出滋滋的声响。看了半天,银幕上的画面竟然一幅也没映入我的脑海。我偷偷侧过脸去看一眼石榴,石榴也坐得很端正,劲脖伸直着,很认真地看电影。石榴的脸部侧影,微耸的胸脯,在黑暗中显得异常妩媚,也异常陌生,刚进来时的紧张感渐渐消失了。安定下来之后,不由得产生了一种滑稽的看法：冒着那么大的风险和一个女孩一起看电影有什么意思？除了一点刺激性之外，什么意思都没有。这部电影以后还得花钱重看。这样我得出的结论是：要想把一部电影从头到尾地看进去，就不能和一个女孩坐在一起。那么现在做什么？我隐约记得鳄鱼说过，和女孩看电影位子越后面越好，越靠边越好。当时我不明白就问为什么，鳄鱼朝我一瞪眼说，一男一女去电影院又不是看电影的。去电影院不是为了看电影，那为了什么？我很想再问一句，但我没问，怕鳄鱼嘲笑自己什么都不懂。

凭直觉，我感到现在应该做点什么。我搜索记忆，力图想起鳄鱼所说的有助于此刻的话。我让想象力恣意驰骋。石榴似乎觉察到了我的内心活动，侧过脸朝我望了一眼，而后又恢复原状。

我被石榴的这一眼看得心里痒痒的，勇气和胆魄好像也被黑暗中熠熠闪耀的眼光所激励，我开始仔细地大胆地上上下下打量石榴：石榴穿着一件白衬衫，白衬衫里面还穿了一件小背心，白衬衫裹着的胸脯一起一伏，裤子是深色的，石榴没有穿裙子，这使我回想起来她好像始终没有穿过裙子。穿着长裤的石榴两腿微微岔开，一只小手搁放在一条腿上。石榴的腿很修长，也很浑圆，我突然涌起一阵冲动，将手突兀地往石榴的腿上一放，呼吸随着这一举动变得急促而粗重。

片刻后，我发觉石榴并未在意我的莽撞，相反，她把手覆在我的那只手上，轻轻摩擦。我的手原本是僵硬的，慢慢地变得感觉灵敏，我真切地感到了石榴薄薄的裤子里面大腿光滑的皮肤，石榴的腿部肉长得很紧，但又很柔软。我的手开始移动，慢慢地大腿根部移去，石榴并不阻拦，她只是微侧过头去，两只眼睛死死盯着银幕。她的胸脯剧烈起伏。我的手快要摸到她的大腿根部时，突然又变换方向，顺着腰部上升，显然，我是被那一起一伏的胸脯所吸引了，我感觉到了她的肚脐，她的腹部，以及山谷般的乳间，我的手指触摸到乳峰的刹那间，不知是因为害怕邻座看到，还是此时此刻我蓦地觉得自己很猥亵，我的手只逗留了片刻又很快缩了回来。

这以后，我再也不敢轻举妄动。我感到腰腹酸胀得难受，我想上厕所。电影尚未放完，我悄悄跨过邻座的腿脚，溜了出去。从厕所里出来，我像逃避瘟疫似的逃离了电影院。

我有一种庆幸感和解脱感。

32

十六岁的我和十五岁的少女石榴曾经有过的这段短暂的交往究竟算是什么呢?是初恋吗?是友谊吗?是一场夏季午后沉沉的睡梦,还是一曲小夜曲遗失掉的几页乐章?

也许,过了很多年以后,由少女变成少妇的石榴,还会记得她曾经迷恋过的那个头发微鬈的少年;而对我来说,与石榴的交往仅仅是一次冒险,是一次既不深入腹地又不会有任何结果的探险。几个星期后,当我神经质地想旋风式了结这场探险时,已把它无来由地想象成一个圈套。

是谁设置了这样一个圈套?假如它真是一个圈套的话。是芒果吗?公正地说,芒果掺和进来是后来的事。其时,我与石榴已经去过一次电影院,还去看过一次球赛。

看球赛是在一个星期之后。自那天从电影院里不辞而别,我总像在躲避着什么。放学了,我也不像往日一般时常出现在操场上。连着好几天,石榴没有能见到我。她着急了。十五岁的少女一着急,便草率地做出了一个错误的决定。说这个决定是错误的,是就它的结果而言。倘若石榴预见到她的决定一下,实际上已经毁了她和我可能发展下去的好事,那她是绝对不会这么干的。如果处在当时环境下设身处地替当事人想想，我们也许能够原谅石榴的鲁莽。一个基本上可以算是半个文盲的女孩，凭着她不高的智商，在那种情况下，她想不出还有什么比看球赛更好的接近我的办法。

球赛观摩票是体育老师托朋友搞来的。票子虽说紧张，石榴还是想办法说服体育老师给了她两张。如法炮制，还是让高个女生在楼梯口截住了我，把票塞给我。

球赛很精彩，是一支来访外国球队与市队的一场比赛。体育老师煞费苦心弄来观摩票，自然是想让他指导的学生球队开开眼界，长长见识。体育老师不仅指导女队，还兼任男队顾问。这天晚上男队队员全都去了体育馆。问题就出在这里。

我到达体育馆，球赛已经开始。站在进口处高高的台阶上，我看到下面梯形的座位里高个女生在向我招手。我走下去，从那些男篮队员的座位中间斜穿到石榴和高个女生为我留着的一只空位上。体育馆不比电影院，全场灯火通明，一排女生中插入一个我，格外招惹人注目。男篮队员起先仅仅是因为有人遮挡了他们的视线而发出几声粗俗的詈骂，后来发觉这个人竟然大模大样地落座于一排女生中间，他们恼怒了。

男篮队员的恼怒包含了复杂和微妙的因素。

首先，他们中的大多数人经常在操场上看到我，他们对体育老师安排我和其他几个人协助女篮训练这件事本来就不满，但碍于老师的面子，不得不有所克制；其次，男篮中的几个主力队员全部是打架的好手，大规模的殴斗爆发时，他们往往都参与其间，手持角铁冲锋陷阵，球场上的竞技和巷战中的勇武同样使他们扬名，也使得他们拥有暗地里瓜分女孩的权力。石榴和高个女生是女篮队员中的佼佼者，自然也在哪一天已归属某些个男篮队员了；再则，流里流气的男篮队员知道我是要被红卫兵组织吸纳的人，在他们的心目中，我是先进学生，他们是后进学生，这也是他们之所以容忍了体育老师的安排而没有发作的原因，现在我公开地钻进女生堆里，不仅是对他们这些人所属团伙暗地里建立起来的蛮横威严的挑战，也摧毁了他们平素的价值标准。一个男篮队员约女生外出，他们认为是合乎情理的，因为男篮队员是后进学生，不找女孩的男生是配不上男篮队员称号的，你是另一个阵营里的人，你是学生中的楷模，你也来找我们的女孩，那还有什么先进与后进之分，还有什么正义与邪恶之分，还有什么好与坏、对与错、香与臭之间的差别？人们习惯于一条疯狗一而再，再而三四处咬人，但决不允许一头绵羊也扬善从恶，向人类发动袭击。

我刚坐下，石榴迅疾地把一张折叠成方方正正的纸片塞给我。纸片里包着石榴的照片。只有经历过那个年代，你才会理解女篮队员石榴的这一举动的大胆和笃情。一个男孩子倘若能够向女孩索取到她的照片，那就意味着他和她之间真正的"敲定"。包着照片的纸上写了歪歪扭扭的几行小字，这封短短的情书错别字连篇，从字迹难辨的字里行间，我仅能认出重复七八次的"想你"二字。连猜带蒙，我大概知道石榴是想说她走路的时候想我吃饭的时候想我睡觉的时候想我上课的时候想我。这封主题明确内容简约热情洋溢的情书让第一次窥测到女孩心迹的我激动不已是几天后的事。那时我一个人坐在小阁楼里，像孩童识字般地找出七八处"想你"，胸膛内有很长一段时间咚咚跳个不停。不过，这种陶醉般的又喜又怯的情思犹如掠过湖面的秋风，倏忽间又跑得无影无踪。

那天晚上我仅仅来得及把石榴的情书塞进口袋，一颗烟蒂从男篮队员的座位上扔了下来。烟蒂越过我的肩胛，在前排一个男人的白衬衫上烫出一个小洞后坠落，一股焦味随之飘散开来。与此同时，男篮队员的座位上传来一片嘘声和呼哨声，有人还跺着脚大声叫喊石榴的乳名。

可怜的石榴回过头去，绯红着脸，用一双水汪汪的眼睛哀求着坐在后面梯形台阶上的男篮队员们。我看到了坐在男篮队员中一张熟悉的面孔,那是过山风。他的狞笑泄露了他是恶作剧的主谋。男篮队员根本不理会充溢于石榴眼睛里的那份乞求神情,继续大叫大嚷,还夹着下流的秽言秽语,过山风一时兴起,竟把一只塑料凉鞋朝我的背脊扔了过来。

纠察很快出现了。那个衬衫被烟蒂烫坏的男人拽着纠察的手臂,咿哩哇啦控诉着男篮队员们的恶劣行径。从板着脸的纠察眼睛里,可以看出问题的严重性。那时候一支外国球队来访,负责保安工作的警察或纠察往往有一种如临大敌的紧张感,哪怕出现一点点疏漏也是不允许的。男篮队员已经破坏了体育馆内的安静气氛,严重骚扰了治安,纠察当机立断,将男篮队员全部带出了场外。几分钟后,纠察重返回来,又将我带了出去。石榴和高个女生与纠察争辩几句,无心看球,也跟随在后,来到了治安办公室。

表面上看,这次冒险经历对我并无很大的损伤。纠察了解了一下情况便放了我,不像那帮男篮队员是校方派人去保出来的。但这件事的起因迅速在学校里流传开来。体育老师再也不要任何男生去协助他训练女篮了。所有的老师和同学都用一种怪异的眼光打量我,仿佛我一夜间突然长出一条尾巴似的。走在过道里,任何人的注目都可以使得我低下脑袋。一些流里流气的男生对我的侮辱更为直接。无论从属哪一团伙的人，都朝我恶语相向。他们实在无法接受一个正派学生居然也做出不正派举动的事实。

一天，我双手握住双杠刚刚使劲撑起身体，过山风突然斜刺里窜过来，用力推了一下我的手腕，我猝不及防，失去平衡的身体像沙袋一样重重地摔在地上。我艰难地爬起来，被激怒的我不知从哪里冒出来的勇气，我朝过山风走过去，谁知过山风的同伙一下围了过来，涎着脸调笑，过山风则且退且逃，还不停朝我扮鬼脸。我只得咬咬嘴唇，把愤恨往肚子里咽。

又一天，我走在去学校的路上，过山风拦住我，问我摸过石榴的奶子没有石榴的奶子有多大，我死死盯着过山风的脸，真想狠狠扇他一个耳光。我走到学校，过山风一直纠缠到学校。遇到人多时，他还故意提高嗓门大声重复他的问题。

上学，成了我沉重的负担。躲在小阁楼里，读着辨识着石榴的情书，感情的涟漪一闪而过，随后便是无穷无尽的懊丧和委屈。石榴托高个女生又转来一封信，表达了她的歉意，末尾又流露出多么想我的心迹。这封信丝毫没有减轻我的烦恼，相反更加令人心乱如麻。初涉情河就遇上了如此难堪的局面，我是又急又恨，又惊慌又沮丧，不知出路在哪儿，心情犹如沉没小街西边的夕阳一般的黯淡。

就在这时候，芒果从小街的晨晖中走来了。

芒果走向身处困境的我，完全像是谁在冥冥之中指使了她。

芒果的家离我家的小院不远，可以说我们是街坊邻居。但她无数次走过我的面前而我们从未有过交谈。我对芒果留下的一点印象还是母亲给提供的。那些年，母亲被勒令强制劳动，每天早晨将小街从西向东清扫一遍。有一次扫到芒果家门口，芒果的妹妹把一簸箕垃圾倒向小街路面，母亲正犹豫着是否扫走这些垃圾，芒果手持扫帚和簸箕从屋里跑出来，一边扫起那些垃圾，一边骂骂咧咧斥责她的妹妹。母亲一声不吭静静地伫立在旁边。人落难时才看得清人心善恶。母亲事后这样说。母亲的这句话我记着，她自己也一定记着，要不日后芒果的母亲上门告状，她就不会那样心平气和地劝说芒果的母亲保重身体，不要因为孩子们的年少幼稚而大动肝火。

芒果走向处于重重烦恼中的我的那个早晨，天气格外晴朗。小街上阳光灿烂。芒果两根梳得很整齐的小辫绾在后脑勺，走起跑来晃荡不已，一朵硕大的蝴蝶结装饰着芒果精心梳理的发型。芒果上身穿一件粉红色衬衫，衬衫束进裤腰，将耸起的胸脯绷得很紧。与同年龄的女孩相比，芒果已显露出发育良好的身段。她的臂膀浑圆，细腰下逐渐宽大的臀部被一条米黄色的长裤紧紧兜住。平心而论，芒果不能算是一个漂亮女孩。她的微笑里总是晃动着两颗惹人注目的虎牙，她的两条腿虽说修长走起路来却有些罗圈。

那么，在那个早晨，是什么东西吸引了心事迷茫的我呢？

说出来你也许不会相信，是一双袜子。一双奶黄色的袜子使得我蓦然间变成一个神思迷乱的俘虏。不是爱情的俘虏，不，那时候我不懂什么叫作爱情。也不是为芒果成熟的身体外形所蛊惑。我仅仅是被一双袜子的鲜艳色泽搞得神魂颠倒。那种柔和温婉的奶黄色似乎蕴含一种令人向往的神秘意义，它闪闪烁烁跃动在妩媚的晨光里，蒙上一层如梦如幻的氛围。

我微微一笑。还带出了一点声音。

芒果很惊讶，她想不到事情会这样。不过她很快做出了反应：她也粲然一笑，露出两颗可爱的虎牙。

事情就这么简单。后来，一个五六岁的小女孩跑来把我带到芒果家的窗外。隔着窗栏，我看见芒果正洗着衣服，抿紧的嘴角露出一丝卖弄的微笑。

"进来呀，"芒果招呼我。"我们家没有人。"

我畏畏葸葸跨进芒果家的门。虽说离得很近,可我从小就被家人禁止去邻居家串门玩耍,所以我用一种充满好奇的目光打量芒果家的一切。

芒果家的房子很简陋,采光条件也很差。除了厨房,中间过道似的屋子和藏得很深的一间大屋子都黑乎乎的,我定神望去,费好大劲才辨认出影影绰绰的桌子和床架,它们犹如暗夜里浮现海上的礁岩一般给人森森然的感觉。所以,当我第二次去芒果家,在她的引导下走入那间地牢似的大屋子,心里充塞着畏惧和胆怯。

我和芒果的相交是在一连串的提问中开始的。那天我一直站在芒果的身后,回答她所提出的一个个极为敏感的问题。芒果的提问一上来就像老熟人似的单刀直入。她提完问题还回过头来抛我妩媚一笑,似乎等着我的回答。她一定看到我的两腮已经绯红。芒果的问题始终围绕一个中心,很抽象,也很含混,她好像是问"她怎么样?""她好吗?"诸如此类的话,但我立即听懂了她的意思,也明白她问的是谁,所以脸刷一下红了。

我开始支支吾吾回答芒果紧追不舍事无巨细的询问。连我自己都不明白,我与芒果为什么一上来便会有一种熟悉的默契。其实在此之前的漫长岁月里,我们近在咫尺却形同陌路;我也不明白自己怎么会在这个比我大一岁的女孩面前，毫无顾忌地坦白了自己的隐秘。我居然那样放心我的谈话对象，居然丝毫不怀疑她的用心，莫非真像十年以后一个拥有金黄头发的法国女郎说的那样，我对所有比自己大的女人都有一种倒错的爱慕心理。我觉得法国女郎像巫师一样道出很多年里我与女人交往成功或不成功的机密，我觉得她一语道破天机。那么，这种心理倒错是因为从小生活在女人的圈子里，从而对比自己岁数大的女子容易产生倾慕呢，还是有来自生命内部更为隐秘的原因？

我记得，小时候有一次躺在凉席上，我把手伸向母亲的乳房，母亲极为愤怒地拍掉我的小手，从此我再也不敢如法炮制，充其量只敢抚摸母亲光滑柔腻的臂膀，侧过身体蜷缩成一团沉沉睡去。即便是进入了梦乡，我的小手也显得那样乖巧，绝不会随意游动伸向别处。这使得我长大之后与女人亲昵最为快慰的一件事，便是抚捏她们臂膀里侧的肌肤，直到把她们捏痛哇哇乱叫为止。曾经有一个女孩就是因为不能接受我这个表示亲昵的动作，指责我关键时刻坏了她的情绪而拂袖离去。

是不是可以说我的心理倒错就是一种恋母情结呢？倘若是，我又为什么要一次次地忤逆母亲的意愿，一次次地逃离母亲背叛母亲呢？从什么时候开始，我渐渐确立起一种叛逆的价值观，凡事要和母亲对着干，而且自认为只要做得与母亲的意见相反我就必然会成功。

33

生命就是一连串的疑问。

芒果对我的所有回答似乎都留存某些个疑问，她不断提出问题，又不断产生新的疑问。这样，我也就无法描述清楚与女篮队员石榴的少得可怜的几次交往过程。

芒果在不断提问的同时，也留下了这样一个疑问：她凭什么要如此详尽地盘问我的隐私呢？

或许她对我的绯闻早有所知。校园里到处在流传我的轶事。那么芒果在此之前便十分注意她的邻居呢，还是绯闻本身像一帖兴奋剂，刺激了她的灵感。她也许认为那不过是人们编造出来的一则谎话。唯其不信，她才会不断考证细枝末节，才会不厌其烦地提出问题。而我老老实实证实了那些似乎是捕风捉影的传闻之后，她表现出来的是惊讶，是不安。几天后她告诉我了一件事。这件事令我羞恼万分。无法确定芒果是否一旦从我嘴里证实了校园里流传的轶闻，便拥有要告诉我一切的念头。即便如此，事后我也原宥了芒果。所有充满善意的狡黠都该原宥，它使生活变得饶有情趣而又不至于过分伤人。

听完我断断续续的讲述，有一瞬间芒果沉默了，她的神情变得有些严峻。她似乎在思忖什么。

我没有察觉芒果脸上掠过的那丝复杂表情，还沉浸在刚才毫无保留的讲述所带来的兴奋之中。作为一种心理平衡，我也问及了芒果的"敲定"，仿佛是向她索取坦诚的回报。令我意外的是，芒果矢口否认，对我委婉提到的那个颇有名气的打架高手，她几乎要将他家祖宗三代一齐拎出来糟践。

"他也配？"芒果鼻子里发出声音。"也不照照镜子，看我不一脚废了他！"

不知为什么，见芒果用恶狠狠的语气这样说，我心底莫名其妙地有点高兴。我觉得，芒果佯装生气的时候，那两颗闪闪烁烁的虎牙更具魅力。不过，我仍然没有立即放弃这个难得的话题：

"可别人都说你是他的……"

"你也不想想，这可能吗？"

给芒果这一抢白，我倒愣住了。眨巴着眼想想，好像觉得可能性是不大。

这天，我怀着轻松愉悦的心情跨出芒果家的门。

没过几天,我站在小院门口,看见芒果从小街西边远远地走来。芒果好像朝我点了点头。我不敢确定芒果是否在招呼自己,正迟疑着,芒果已经在一条弄堂口站定,等待我过去。

"我调查清楚了,"还没等到我走近,芒果已神色严肃地开了口。"石榴曾经和一个男篮队员一齐到郊区去摸过蟹。"

我一愣。我没听懂芒果的话。

"摸蟹?摸什么蟹?"

"你连摸蟹都不懂?"

"不懂。"

"不懂就算了。"

我一把拽住了芒果。不能让芒果瞧不起自己,不能让她就此离去。我从她眼角滑过的几缕狡黠的微笑里,大概揣摩出"摸蟹"一词是暗指什么不好事情的黑话。我想知道它的确切含义。

芒果推掉我的手。她的脸颊微微发红。她说:"以后再详细告诉你……"

芒果愈卖关子,我愈是想知道答案;我愈急切,芒果愈是吞吞吐吐欲语还休。

被我缠得无法脱身,芒果才说:"'摸蟹'就是一个男的和一个女的……懂了吗?"

我让想象力张开翅膀,作无边无际的翱翔。等我缓过神来。前面早已没人了。

我回到家,想象的翅膀依然难以合拢。连着几日,我万分地苦恼。本来就有被人传言的苦恼,于今又添加了想象的苦恼。而想象的苦恼因为不着边际,犹如一口深不见底的井,更让人的心悬着晃着,时时有一种不安全感。

我下决心要摆脱目前的境况。

我想只有一个办法可以摆脱这种境况。

34

把石榴的照片和信件交给芒果之后,我如释重负地舒出一口气。

是的,几天来我踌躇、彷徨、烦恼,急于想摆脱掉面临的困厄。我唯恐这种解脱是虚假的,非现实的,当把一只装有石榴的照片和信件的信封交给芒果的时候,再三叮咛芒果不要忘记从石榴那儿要回自己的照片。我实在不能再让自己的照片流落在一个极不可靠的女孩手里。我将自己的照片看作是一种罪证。

在短短的、毫无实质性内容的两个情窦初开的少男少女的交往中，石榴应该对事态的发展和最终导致的结果承担什么责任呢？

如果硬要在她缺乏经验之外指出她的什么过错，那只能说她太喜欢有着卷头发、整日价忧伤满面的那个男孩了。以至于她常常有些急不可耐，做出一些缺乏分寸感的事来。

本来，当我被环境的压力压得喘不过气来的时候，如果是一个高明的猎手，决不会再穷追猛攻，把猎物逼至绝境。相反，远远地观望或者像晾一件衣服似的将猎物晾在那儿，所谓以静制动欲擒故纵，那事态的发展朝向哪个方向就很难预料了。而石榴却完全处于失控的状态中。首先她不该让自己像一团火似的燃烧，且不等响应地一下将温度升到极致，她简直像丢了魂似的瞎碰瞎撞；最不该的是她在我苦苦思索的那几天里，不断与高个女生一次次走过我家小院的门口，而且每次都用一种焦急的目光朝里面探寻。

一天早晨，我正准备出门去学校，母亲突然说，这几天常有两个女孩在门前"晃来晃去"，母亲的语调很平常，像是不经意提及的，但在我听来，却感到很刺耳，尤其是那"晃来晃去"的说法，让我觉得确实像有什么东西仿如魔影一般在心里面晃来晃去。我就是在那一刻，产生了毅然决然的想法。而那个时候，正从另一条小街走向学校的石榴，还不知道她的不幸已经降临了。

把一次短暂的感情经历的结局交给芒果之后，我躲在小阁楼里盼望着夜幕早早降落。黄昏时分，身负重任的芒果好几次经过我的窗下，她匆匆来回的身影慰藉着一颗忐忑不安的心。有一次，我甚至觉得芒果朝小阁楼投来一个不易察觉的微笑，好像是告诉我一切安排就绪，让我尽管放心好了。

夜幕终于降临了。芒果最后一次朝我示意点头，仿佛一个访问远方的使者，朝他所侍奉的君王临别行礼之后，匆匆走出了小街。

那个秋季的夜晚是令人难忘的。灯光下黄澄澄的小街弥漫着的一种温馨的气氛，多少年后还在我的脑海里留下深刻的印象。一个季节的结束总是意味着另一个季节的开始。一次令人烦心的感情历程的终止，总是预示了种种新的可能性的来临。

我躲在一根电线杆后，注视着芒果远去的背影，将所有的期望都倾注在那个行色匆匆、步履虽快却仍然可以看出有些罗圈的女孩身上。

芒果走到小街的尽头，来到十字路口。她在一盏路灯下停住脚步，然后手插在口袋里，镇定地来回踱步，并翘

217

首观望可能出现她所要会见的来者的路口。

当石榴带着她的高个女伴,而不是带着一大帮打手出现在十字路口时,远在几百米之外的我还是神经质地一闪身,缩回了原先伸得长长的颈脖。

历史性的会见在短短的几分钟内便宣告结束。双方交换了信件和照片,神情忧伤的石榴对这种不公平的、缺少谈判主角的会晤似乎并无怨言,她仅仅在会晤结束之前,对芒果苦笑了一下,说:

"请你向他转告我的歉意,是我给他带来了麻烦。至于关于我的传言那都是无中生有的,当然我也不想解释了,因为现在再来解释已没有什么意义。谢谢你了。"

芒果肯定是一个健忘的人,她向我转述十几分钟以前石榴不无忧伤地说过的那段精彩告别词时,遗漏了后半段话。这使得我事过多年之后回忆起那个路灯昏黄的秋晚街景,不免少了许多浪漫色彩。

距那次历史性的会面之后不到一个星期,芒果坐在电影院里等待我的到来。芒果的两个妹妹坐在后面一排,离她们姐姐十几米远的地方东张西望交头接耳喜形于色。她们像两只可爱的喜鹊叽叽喳喳,置身于电影开场前的一片喧闹声中得意洋洋,不时向她们的姐姐投去无比欢欣的目光。她们是有理由这样高兴的。因为她俩是偌大电影院里仅有两个知道今晚这场电影与一件密不宣人的好事紧密相连的人。她俩直接参与策划了这件秘密。

我趁影院暗场之机潜入场内，依照芒果两个妹妹传递给我的票子上所提供的座位号码寻找到芒果热切的目光，我心头一热，第一次轻松地尝到了参与一宗密谋所带来的甜头。

三天以后，我在芒果的引领下，走进了她家那间黑漆漆的大屋子。被芒果派去叫唤我的一个邻家小女孩完成任务后执意不肯离去，当芒果不断哄她逗她骗她的时候，急不可耐的我从后面拦腰抱住了芒果。芒果弯腰弓背双手抚弄着小女孩的脸蛋，嘴里发出一阵嘿嘿的窃笑。那个小女孩莫名地注视着面前的一切，以她那个年龄无法理解的神态安然处之，她不明白也不可能明白面前那一对男女急于要赶她走的缘由。

于今回想起来，我觉得并不是那个小女孩坏了那一天的好事。小女孩即使不在，事情也只能按照以后发展的态势延续，不可能是别的。

浑身发烫的我紧紧抱住芒果后，把脸庞靠在了芒果的背上。随后，我的双手躁动不安地开始摸索，一会儿往上，一会儿往下，事情完全出乎我的意料，我以为可以马上得到什么的愿望并不是那么容易兑现。我的双手无论摸索探寻到哪儿,都遭到另一双手的坚拒,伴着格格的让人听来十分刺激的淫笑声,芒果像与我捉迷藏似的让她的身体冷静地忽隐忽现。我因为感受不到芒果胸部和腹部的情况,喉咙其痒难忍,愈发的执拗和疯狂。

准确地说,这情形有点像老鼠和猫的游戏。主动权全在猫手里。老鼠被猫逮住之后瑟瑟发抖等待猫用利齿去咬它啃它,而猫似乎并不想过早地解决问题,它伸出前爪不时地逗着鼻子底下这只犯傻的口中之物……

芒果的双手上下游动,一会儿捂住胸部露出腹部,一会儿又捂住腹部露出胸部。

老鼠只能干着急。

第七章

35

班上来了一位新老师。

新老师是个五十左右的老太太。大家背地里叫她老太太,不仅是因为她个子矮小,皱纹满面,头发花白,更是因为她絮絮叨叨,装了假牙的嘴巴说起话来一瘪一瘪的。上课铃响后老太太扯着个嘶哑的嗓子拼命叫唤,而听她讲课的同学却很少。没人听,她就反复讲,一节节课讲,讲的都是同样的内容,讲完了还布置习题,还要打分点评。我记得,进入中学后再没老师布置回家作业,老太太承袭老的教育方法,她一反常态依旧要大家回家做习题。她还从校办工厂借来线路板,一定要每个人分清串联电路和并联电路的区别。这个班的学生日后懂一点电学方面的知识,大概全是老太太的固执所致。老太太教的是物理课。

老太太来了之后，原先胖胖的走路像企鹅一样的班主任便再也没有在走廊里出现过，据说是回家了。

胖老师与我的关系很平淡，两年多时间里，她和我说过的话加起来也没几句。我没能加入红卫兵组织，她一定很失望，从此她和我的话就更少了。胖老师的离去并没使我感到依依不舍，也没丝毫的遗憾。新来的老太太说话没人听，矮小瘦弱的身躯没放在大家的眼里。

然而，日子一久，情况就不同了。慢慢地，我觉得老太太的出现非同寻常。

那时候讲世界观。十五六岁的年纪，既是长身体又是世界观逐步形成的时候。都说这阶段的教育很重要。那么，这阶段由谁来教育，由谁来对需要受教育的人施予影响岂不更重要？老太太来了，来得很突兀，也很耐人寻味。

我所在的班是一个出了名的乱班。说是乱班，不仅是这个班上拥有像鳄鱼这样赫赫有名的留级生，还因为这个班的女生也很不简单。很多来上过课的女教师不怕男生，却唯独怕女生。男生一般不会轻易侵犯老师，似乎还有无形的师道存在。但女生就不一样了，她们可以恶语羞辱，唾沫飞人，穷凶极恶之时，老师如果有胆量将某女生拖出座位，那么老师的手上被咬上几口，脸上被抓出几道手印，甚至头发被扯下一把那都是不足为奇的。所以来这个班上课的老师走进教室每每有如履薄冰之感，还是小心忍让，睁一只眼闭一只眼的人，懂得几分保重自己的诀窍，倒反而维护了师道之尊严。

这么一个乱班，照理说派一个强悍威严的男教师来，才能有望让形势改观。不派男教师也该派个年富力强的年轻教师才对。

事后证明，我当时和所有人一样，都错误估计了形势。老太太还是有一些绝招的，要不那些出了名的男生不会那么快就被降服的。老太太能跑善磨，矮小的身影时常疾走如飞，飘忽在学校与同学家庭之间，她格外喜欢磨嘴皮子，扯住一个同学或同学家长，说起来没完没了，厚厚的瘪瘪的大嘴唇蠕动着翻飞着，瞧着她那煞费苦心死不罢休的劲头，再恶再霸的人也不得不涎着脸，向她点头赔不是，不是怕她，实在是怕她的纠缠，怕她的磨。

我像疏远所有的人那样疏远老太太，下了课拿起书包便匆匆离开教室。有好几次，老太太走近我的座位，眯着眼睛望着别处，而蠕动嘴唇低低诉说的话语，又似乎让我觉得她是在与自己一个人交流。我隐隐约约地产生一种预感，仿佛这又是一个从遥远地方赶来的神秘而陌生的不速之客。然而这丝毫没能祛除我孤独前行的封闭心理，相反，已经习惯于一个人独处一隅冥想的我，更加杜绝任何亲近自己的努力。

老太太来到这个班上不久，便主持改选了班干部。这次改选的结果是以前颇受器重的女干部香梨下了台，新任正副班长是熊猫和我。选举结果出来后，我用一种困惑不解的目光望着老太太。而老太太似乎并不正视我的目光，她微笑着，眼角的皱纹里蓄满了慈爱。而她的微笑告诉我：老太太对选举结果很满意。

直到后来我回想起来，才隐隐觉得改选班干部，是老太太治理这个班级的一个重要步骤。或许说，是一个有预谋的举动。

一个月以后，老太太带领全班下乡学农。同学们分成几拨被安插进不同的生产队。

放下铺盖后，老太太领着大家挨家挨户地进行拜师仪式。我的师傅是生产队的队长，鳄鱼的师傅是仓库保管员，一位二十出头的农村少妇。保管员的家里有间堆放杂物的空房，将那些杂物清理之后，我和鳄鱼就搬了进去。这样的安排是鳄鱼向老太太提议的，他说，一个后进的同学需要班干部的帮助才能一点点进步。鳄鱼在头脑清醒的时候常会说出一些令人瞠目结舌的话。但只有我心里明白，鳄鱼的话里掺杂了很多水分。

将同学们安顿好以后，老太太矮小的身影开始频频穿行于乡间杂草丛生的田埂上。那时候正是棉花吐絮的季节，朝霞初升的清晨抑或是夕阳西下的傍晚，老太太踩着疾如行舟的碎步，在树木掩映的村舍之间来回往复。

一天上午，阳光很好，我正和几个同学站在棉田里采摘棉花，老太太从绵延的田野里悄悄地走了过来。她先是随意地摘下几朵洁白如雪的硕大棉球，然后慢慢向我靠拢，将捧在手中的一大堆棉花塞入我围在腰部的一只布兜里。

这个阳光灿烂的上午，老太太一直没有离去。她不离我踪影，忽左忽右地采摘下棉花骨朵，又好像不经意地与我时不时聊上几句。

我们先来说说这个上午之前的情形。改选班干部的结果让我略略感到有些意外，这倒不是因为香梨的下台。香梨的下台至少在我的心里荡漾过一阵欣喜的波澜。谁都不可否认，这个班级的女同学之所以那样为所欲为，与香梨的怂恿和幕后策划不无关系。令人奇怪的是，老太太来到班上不过短短的几十天时间，她那时时眯缝着的眼睛怎么就一下看出问题的症结所在。改选后的情况证明了老太太对形势判断的准确性和可靠性。这个班级的女同学比以前温驯多了。至少在老太太常常像敲木鱼一般的"女同学要懂得自重"的提醒下，已没有人在课堂上疯疯癫癫或发出令人毛骨悚然的怪叫声。出现在女同学身上的这种不知不觉的变化，让看在眼里的我，不得不对老太太生出些微的敬意。但她为什么选中自己呢？偏偏又是在校园里风传我和石榴有某种瓜葛的时候？在公布选举结果之前，老太太从未找我谈过，她像一个自负而高明的设计师，驱使着各种力量，让整个班级像艘航船驶向她预定的彼岸。既成事实之后，老太太也几乎没有与我正面接触过，只是在几件小事上，老太太与我有过几次内心的较量。一次是写一份总结班级工作的报告，熊猫建议由笔头较快的我来起草。我坚持不肯。最后大家心里都闹得有些不快，别别扭扭还是熊猫自己写了那份报告。还有一次是一个男同学在学工期间，屡次攀上女浴室的窗栏窥视女工洗澡，事发后班干部开会帮助那个男同学，老太太要求每个人作好发言准备，而到开会那天，我以身体不适为理由缺席了。第二天下课后见到老太太，我已准备好以自己的沉默来抵御可能降临在头上的任何指责。可老太太只字不提昨天的事。她只是低低地说了句：要珍惜同学们的信任啊。说话时她的眼睛并没看着我而是看着旁边的熊猫。这给人一种错觉，好像昨天缺席的不是我而是熊猫。老太太的神情很和蔼，和蔼的背后又深埋着一种坚定。她似乎不相信和整个班级若即若离的这个忧郁寡语的学生，会就此永远不与她及她所领导的这个班级亲近起来，她似乎坚信他总有一天会采取明智的合作态度。

奇怪的是，老太太愈是不正面指出她的学生的过错，愈是用旁敲侧击的方式对其施加影响，我愈是在内心滋长出一种莫名其妙的离心力，而以沉默和躲避为表现形式反弹出的抵触情绪也愈为强烈。

也许我生活在人群中，面对来自任何人的管束和驱使都充满了敌意。这一点是老太太直到很久以后也没有明白过来的道理。

那个阳光灿烂的上午是令人回味无穷的。老太太形影不离地跟在我的身后。她像拣起散落在地的棉絮一样拣起一些话题。话题与话题之间的跳跃性很大。老太太谈起她的独生女儿，谈到她谢世的老伴，一位留过洋的物理学教授，谈到她与学校工宣队领导的矛盾，谈到她对现任红卫兵团带队老师的看法，她觉得那是个见风使舵的家伙，以前老太太担任教导主任的时候，那个人如何如何巴结她，而一旦她被打倒靠边后，那个人又如何如何与工宣队领导打得火热，老太太还谈到她的斗争哲学以及斗争手段的艺术性，她说唯有在来这个班级担任班主任这件事情上她妥协了，不是惧怕什么人，而是她不忍心眼睁睁地看着一个班的学生处于无政府的状态。她这么说的时候，无意间又对前任班主任的工作做出了一个基本估价。老太太在谈到班主任与学生关系时，还提到了一个比喻，那个比喻好像是说没有领头羊的羊群将会濒临迷途的危险。

那天上午老太太所说的一切，我都没太往心里去。虽说出于礼貌也不时发出一两声语气词，表示一种倾听姿态。老太太所谈到的很多话题在我看来，作为一个教师是不该向她的学生披露的，我不明白老太太为什么要对自己说这些不着边际的事情，正像我不明白在这个阳光温煦的上午她的身影为什么不停地投射在我的左右一样。

老太太后来说到了那个令我大感意外且又是极为敏感的话题。随着岁月的推移，老太太所说的一切皆会渐渐淡忘，犹如洇在宣纸上的水渍终将漫漶，而她轻轻地又是那样清晰地说出的那句话却一直萦绕在我的耳际。她说，她也出身不好，她所无法选择的那个所谓的"剥削阶级家庭"始终像一块心病压在她的心头。

我很震惊，在一刹那的时间里，全身仿佛通了电似的颤抖了起来。这时候，无边无际的阳光一下从四面八方朝我涌了过来。

我转过头，老太太依然是那副和蔼慈祥的面容，她朝我颔颔首，好像达到什么目的、击中什么目标似的踩着小步疾走而去。她的背影在我充满疑惑的视线里愈来愈小。

要是没有后来发生的那件事，也许我和老太太会在某一天达成某种默契。几天以后突如其来爆发的一场事变，使整个情形骤然朝着十分恶劣的方向逆转。

那天早晨下起了一场小雨。淅淅沥沥的雨滴打在房顶上发出清脆的声响。七点左右，一阵狂风席卷田野，雨势凶猛起来。鳄鱼翻身起床，趴在窗棂上朝外探望，我被鳄鱼的响动吵醒，躺在床上不由得为不用出工而暗暗欣喜。

临近九点，房东保管员走进隔壁的厨房忙碌起来。保管员的丈夫因为殴斗使人致残而被送进公安局服刑一年。长有几分姿色的房东少妇在丈夫服刑期间，带着一个幼小的儿子忍气吞声地打发日子。在她不时流露出来的不满情绪中，让人明显觉得生产队的领导在裁决那场致使她丈夫入狱的斗殴中负有倾向性的责任。那些恩恩怨怨都是我们到来之前的事。我与鳄鱼根本不了解围绕乡间恩仇所牵涉到的种种错综复杂关系，我们和房东相处得很好。鳄鱼经常和房东说说笑笑，空闲时他拽着我和保管员一起玩扑克，兴致所起说笑变得毫无节制。放肆的说笑声冲出屋后在村舍之间久久回荡。距我们借宿的那间房子大约十几米远，便是队长的家。队长坐在一张小桌前一个人闷闷不乐喝酒的时候，自然常可听到不远处飘过来的欢声笑语。队长是我的师傅，生性孤傲的我和生性同样孤傲的他，除了出工收工时有过几句公事公办的交谈，几乎没什么来往。

这给队长一个错觉，似乎他的城里来的徒弟并没有把他这个统治一方的乡巴佬放在眼里。

在那次冲突事变中，令人十分不解的是那场始于清晨的雨。淅淅沥沥的雨，七点左右变得汹涌起来，九点一过，忽然又莫名其妙变温和了。十点半的时候，雨滴倏地飘走了。靠近村舍四周的田野上空一下晴朗无比，经过大雨洗沐后的竹林翠枝间传来雀鸟清脆的鸣叫，与之相呼应，小河西边随着一叶扁舟呈扇型凫水而来的群鸭也嘎嘎地歌唱着。这一番雨后乡村即景显然迷惑了城里来的学生，使其放松了警惕，我曾用探询的口吻问过保管员，按照惯例，这样的天气是否需要下田，保管员支支吾吾迟疑着，她似乎也没把握。她说通常情况下要看天气是否一直好下去，经大雨淋过的湿漉漉的棉花，即便摘下后也要很长时间才能晒干。保管员含混不清的回答，愈发麻痹了我们。这时的鳄鱼，毫不犹豫地从床头拿出一副扑克，拉过保管员和我，兴致勃勃地开始发牌。

事情就这样一步步朝最后的结局发展。

十点三刻左右，我们听到了屋外响亮粗鲁的叫骂声。保管员神色顿时紧张万分，她慌张地撂下手中的扑克，站起身朝屋外走去。

我的师傅大概是十点过后走出家门的。他披着蓑衣在田野里转了一圈，雨也就如他所预料的那样草草收场了。他游魂似的飘飘荡荡，眼睛不时斜乜着村口，希望看到他的属下和学生们的身影。他左等右等，时间在流逝，权威在丧失，一次次地落空使他这个队长终于忍耐不下去了，队长气咻咻地跑回村子，挨家挨户地将村民们叫出来。在保管员的家门口，他听到了曾无数次听到过的那种放肆的目中无人的欢笑声，队长先是往前紧走几步，像是躲避什么似的，接着他感到胸口集聚了一股难以排解的气体，他无法不将这股气体舒解掉，不然，他会立即因郁闷窒息而昏死过去的。他开始像歌唱前的练声那样，从喉咙里发出咕噜咕噜的声音，经过一段时间的调整和操持，他终于找到了发声的最佳部位，于是，所有的秽言恶语都喷吐而出了。

这是天晴之后的又一场滂沱大雨。

老太太从很远的另一个村子赶来了。她走到保管员家那幢瓦房前，队长回肠荡气的发声操练正达到高潮，他口吐白沫地叫嚷着要学生们滚蛋，他说他不能再忍受一个荡妇和两个男学生在屋子里乱搞的歪风邪气，当他猛地看到迎面匆匆而来的老太太，不知什么缘故，恶狠狠地朝她瞪了一眼，怒冲冲地掉转身向田野走去。

老太太脸色铁青，她显然听明白了那用乡音夹带下流口头禅的辱骂中所包含的恶毒含义，她虽然不知道她的学生犯了什么错误，但她绝不会相信队长想象力丰富的所谓一个少妇和两个男生乱搞的虚构故事。她神情严肃走进屋子时，看到房东保管员伏在灶头上抽泣，我倒头躺在床上，鳄鱼嘴里骂骂咧咧地坐在桌前玩着一副扑克。

老太太的目光扫过来又扫过去，她终于开口说话了。她不能不说话。她不能不说一些符合她身份的话。她的语气很重言辞却很婉转。可惜那时候我被突如其来的打击搞得糊涂了，根本无暇去细细品味老太太貌似严峻的话语中的弦外之音，只觉得莫大的委屈排山倒海向我席卷过来，我猛地翻身跃起，将被子一卷，开始往网兜里收拾行李。

老太太一时不知所措。她目睹她的学生一步步在错上加错的泥淖里陷落下去心急如焚，她只能扯着嘶哑的嗓子大声喊了一句：

"你要好好考虑你的行为所带来的后果！"

我已经顾不得后果了。这一点老太太不了解我，她也不可能了解我，因为那时候我想我又犯病了。既然开始了整理行李的举动，就不得不让它继续下去。人到了这种时候，只剩下冲动的悲壮。其实那时候我并不知道在做什么，也不知道为什么要这么做。

在这幅场景中，聚焦点是收拾行装的我，老太太站在一侧，左边是掩面而泣的农村少妇，右边是嘟嘟囔囔的鳄鱼。老太太光注意了我，忽略了处于陪衬地位的鳄鱼。焦点是可以移动的，主角和配角在一出戏中和在生活中是不同的。一出戏中的主角和配角一经确定便不会变化，而生活中的主角和配角之间的对应关系，常常会出现意想不到的急剧转换。

我尚未打点完行装，那幅场景中原先处于角落的鳄鱼，再也不甘心一直被人忽略下去，他大叫一声，冲出场景，要去完成他的角色转移。老太太和其他人都不知道鳄鱼想要干什么。鳄鱼冲出屋去后，在一堆柴禾中间随手拣起一把锈迹斑斑的斧头，以迅雷不及掩耳之势，朝田野狂奔而去。

这就有了另一幅场景。在这一场景中，成为主角的鳄鱼手持一把凶器，狂奔于田埂上。长长的田埂，长长的狂奔，使得大喊大叫的鳄鱼变得英勇无比，他像一位武士一般扑向无垠的田野。田野的尽头，队长正和几个村民在干活。

以后的一切就变得简单了：鳄鱼还没接近队长，已被几个村民扑倒在地，夺走了斧头，很快有人拿来了一根麻绳，在队长的指挥下，鳄鱼被押送到镇上的治安机关。在那儿，鳄鱼被狠揍了一顿，关了一个星期，写了无数张检查，才灰溜溜地走出治安机关那扇铁门。

在这一个星期里，村子里变得格外的宁谧。我发着高烧，整日躺在床上蒙头大睡。除了保管员按时送些饭菜给我，谁也没来找过我。

我非常想家。确切地说，我非常想念我生活的那座城市。一天夜里，我忽地翻身起床，拿过纸笔，飞快地写了起来。

我把这儿发生的一切全都告诉了芒果。当然，我没忘记告诉芒果：自己非常非常地思念她。

我是第二天寄出这封信的。我在写这封信的时候，完全没有考虑到后果。

36

往事如烟。

往事如风。

往事如平原上飘忽而来不期而至的阵雨，屡屡突袭我的梦境和记忆。

我不能确定青少年时代发生的所有事情的真实性，正像我无法确定我从什么时候心理开始接近正常人的指标。一位权威的心理医生告诉我，按照西方发达国家的测试标准，我们超过半数的人心理处于不健康或亚健康的状态。他还告诉我，通常人们说天才和疯子只有一步之遥，其实心理正常和不正常也仅仅是一步之遥。这位心理学权威给我描绘的图景令我毛骨悚然。

强迫症是现代社会的常见病。洁癖是强迫症的一种。我一位朋友的父亲，心理和神经系统出了问题，外表上看没有大的变化，唯独异常的就是突然之间格外的怕脏，每天要换三次床单。早晨换一次，午睡前换一次，晚上换一次。换过的床单他仍然不放心。他每天要刷十几次牙，一筒牙膏，几天就用完了。

我的整个青年时代也许都患有强迫症。我把所有遭遇到的不公平和苦难都归结于我的家庭。那时候在我看来，我的家欺骗了我纯洁的心灵，我的家是不干净的，所有和家联系在一起的人和事物都是可疑的。二姨妈当然也不例外。

来呀，跟我来呀。

二姨妈说完，扭头走去。二姨妈穿了一件绛红色的旗袍，脚上套了一双圆头黑皮鞋。那双皮鞋的款式很特别，有一种怀旧的味道，可它擦得锃亮，又显得很新。我第一次见二姨妈穿这双皮鞋。二姨妈终于又打扮得干干净净，她终于又扭动开腰肢，这一切都好像是回光返照。那时候的我魂不守舍，只注意二姨妈的神情，二姨妈的神情有些严肃，我稍稍细心一些，就该发现二姨妈脸色苍白，白中还泛黄。

我已记不清这一幕发生的具体时间，我甚至忘了是下乡前还是下乡后。我只记得，这是二姨妈和我之间进行的最后一次正式谈话。在这之前，我和二姨妈已有很长时间没有碰面和说话了，我几乎忘记了她的存在。

来呀，跟我来呀。

二姨妈拉下嘴角的一笑，给我留下难忘的印象。那一笑，很勉强。她若无其事地嘀咕着，她刚去过舅舅家，带了好几套行头，舅舅给她拍了整整一卷胶卷的照，说要挑出几张好的来放大，配上镜框去参加摄影比赛。我很不情愿地跟在后面，绛红色的旗袍晃得我眼花，擦得锃亮的皮鞋让我烦心。地主婆，好神气。二姨妈是地主婆的话，地主是谁呢？

来呀，跟我来呀。

二姨妈为我打开了红楼房的门，顿时，一股阴凉潮湿的气味扑面而来，令人窒息。我长大后，二姨妈几乎不再让我走进红楼房。二姨妈反常的举止并未引起我的注意。我眼睛直直地看着二姨妈在一屋子的红木家具前踱步，她喃喃的话语对我来说嗡嗡作响，无异于天外之音。她提到了"天公神仙"，提到了针灸师，提到了舅舅，还提到了许多我听过和没听过的名字。二姨妈像是在浏览她的一生，历数访问过这栋红楼房的人，她莫非预感到大限将至？

"你还是不肯给我做儿子是吗？"二姨妈突然转过身来问道。"我知道我问得有些多余，你的脾气像你父亲。你是不会改变的。"

我一愣，奇怪的是，我怎么努力也无济于事，心田的土地下，还是有个念头春笋般顽固地钻出来：地主婆。

"你如果给我做儿子的话，这屋子里所有的东西本来就都是你的。"二姨妈像是非常惋惜地说。

我的身子微微发抖，那个念头像魔鬼一样缠住我：地主婆。我的大脑和理智在提醒我，甩掉那个念头，抛弃那个魔鬼般缠住我的念头，可心里还在重复的默念：地主婆，地主婆。

后来，二姨妈似乎看不到任何希望，她像被什么东西击倒一般坐下了。她颓丧地坐在一只镂空雕花的石凳上，朝我挥挥手，好像是说走吧走吧坏坯子。

37

我把写给芒果的信寄到了学校。

芒果的班主任路过门卫室时看到了这封信。她趁门卫提着热水瓶去打水的空隙，悄悄拿走了这封信。

芒果的班主任是位三十多岁、戴着一副深度近视眼镜的年轻女教师，她虽说很注意修饰打扮，但始终未能找到一位如意郎君。她将大部分的业余时间用来关心她的学生。她当然不会放过我寄给芒果的这封信，凭着良好的嗅觉，她知道这不是一封平常的信。再说，只要有可能，她不会放过任何学生间的书信来往。她从阅读这些情窦初开的男女学生相互表达浪漫情感的书信里，获取了极大的快感。她已有拆看学生情书的悠久历史。

几天以后，芒果的母亲手持我的这封信来到我家的小院。

我的母亲非常热情地接待了这位很少上门的街邻，并带着歉意再三希望气色不好的芒果母亲保重身体，不要为儿女们的少不更事而忧心如焚。两位母亲进行了友好融洽的会谈。双方都对自己的子女教育工作的疏漏主动承担了责任。会谈是富有建设性的。

我的母亲将客人一直送到门口，除了表示一定配合对方的计划外，还不经意地将芒果的善良品性夸了几句。到了这时候，芒果的母亲也不反对主人这样说，因为这无疑减轻了芒果在一段浪漫插曲中所要负的责任。

此时此刻，远在郊县农村卧床发烧的我一点都不知道，我与芒果的命运已在一次历史性的会晤中被决定了。

几星期后当我回到城里,在小街的弄堂口,无意间邂逅心中思念的情人——芒果时,芒果竟然像不认识我一样从我身边遽然走过,令我百思不得其解。从此以后,芒果一直保持了她与我这种陌路人的关系。她再也没有和我说过一句话。

几年后,在遥远的海边,我从一辆迎面驶来的拖拉机上看见了坐在拖拉机手旁边的芒果,当时晒得很黑的芒果脸蛋上浮起了一团酡红,但她依然像不认识我似的转过脸去。再后来,芒果成了那个拖拉机手的妻子,她和抱着孩子的丈夫走过我家的小院,往事已宛如烟云消散,而芒果脸上还没有解除警报的征兆。

我一直以猜谜的心情来审视我的生命历程中与芒果交往的这段短暂的经历。因为有很多环节无法弄清,就如同一个拥有无数谜底的谜语始终让人充满了云遮雾罩的困惑。芒果在我与石榴的关系中究竟扮演了一个什么角色?芒果的母亲究竟用了什么方法使得她的女儿如此干脆地断绝了和我的交往?倘若有误解的话,芒果因为什么对我耿耿于怀,究竟是我的这封信使她丢了丑,还是因为她觉得与我这样一个极为冒险的家伙交往,实在是一种更大的冒险?还有,事后老太太不会不知道这件事,但她从未对任何人提起过,她永远眯缝着眼睛笑微微地觑着远处与我谈话，这给我一种感觉：她什么都知道，她不说是因为所有的艳闻都在她的内心积累着某种力量，诸种力量的汇合，是为了最后的较量。我把这种较量定性为降服与反降服的较量。

我像把玩诸如魔方之类的玩具一样，玩赏着曾经闪烁在我生命里的这段迷雾重重的经历。我想，也许没必要让所有的谜底都一一展开。并不触及灵魂的往事断片，蒙上一层虚幻迷离的色彩，反而让人回忆起来增添些微温馨而甜蜜的气氛。

就让芒果永远不开口对我说什么吧，就让岁月静静地流淌吧，只是我坚信一点：那就是我与芒果之间没有仇恨。没有仇恨就行了。

我只能独自消受芒果对我态度的突然变化所带来的疑惑和孤独。

那段时间母亲正在为姐的婚事操心。姐的婚事显然是我们家那些年里的重头戏，但我像一个局外人，对此毫不关心。我对家里发生的所有事情都很漠然。家对别人来说，是依靠，是支撑，是温暖的窝，避风的港，而对我来说，家是一个充满了怀疑的大问号。在内心深处，我与"家"存在着一道很深的裂痕。

一天深夜，我从睡梦中被母亲和姐的谈话声惊醒。将她们支离破碎的对话拼凑起来，我对未来的姐夫有了一个大概的印象，那是个忠厚老实的工人，酷爱书籍，买了大量的书，据说是为了退休以后读的。他有几十年的工龄，比姐整整大十岁。

母亲似乎对这门婚事很满意。据她看来年龄大有年龄大的好处，工龄长，经济上比较宽裕，另外，年龄大的丈夫一般都很疼爱比他小得多的妻子。母亲事后为她的这番预言付出了代价。

母亲和姐在那个午夜没有谈及一个问题，而事过几十年后姐不得不黯然地承认，那其实是一个至关重要的问题。也许就因为它，致使姐认识姐夫后不到三个月的时间里，便草率决定嫁给他了。那就是像阴影一样追随我们几个兄弟姐妹的家庭出身问题。今天，当不到二十岁的青年男女纷纷寻找有海外关系的配偶或者干脆外嫁他乡异国，所有的价值标准都发生了根本性地转变，重温二十多年前的旧事，仿佛历史的页码翻过了几个世纪。很难设想，再过几十年，当我们面对更小一辈的年轻人，向他们谈起几十年前我姐出嫁时的真实想法，那些年轻人肯定以为那是一个童话。

历史就这样嘲弄了我们。

那个午夜母亲和姐虽然都避免触及这个敏感话题，但

243

各自心照不宣。姐夫的家庭出身是工人，他本人也是工人，姐改换门庭后，可以彻底甩掉那条紧追不舍的"尾巴"，以此获得一种政治上的保险。人不能也无法跨越历史境况。当二十多年后，步入中年的姐躲在被窝里嘤嘤啜泣，为难以追回的往事和青春而痛感后悔、叹息和不平之时，谁也无法阻止她的思绪展开翅膀向宗教的神秘祭坛飞去，既然历史不能用理性来概括，那又怎么去劝说饱经沧桑的姐、被命运捉弄的姐不跪倒在神的面前？我们伸出去拽住姐纤细胳膊的手非常无力，非常没有说服力。

姐跪倒在神父面前。她的额际朝着神父穿着皮鞋的脚迎上去。她把头深深地埋下去，直到她的唇吻到了神父的脚。她的脸颊上挂满了泪珠。因为此时神父慈祥的手轻轻触摸了一下她的头颅。她知道她找到了归宿。

姐的婚事办得非常简单。她的嫁妆是在一个夜晚偷偷运到姐夫家去的。结婚的那天，也就是请了几个朋友聚在一起，姐夫做了几个菜，请朋友们喝了几杯酒。没有鞭炮，没有彩车，没有盛大的婚宴，新房仅仅是一间尖顶的阁楼。那年代不流行化妆，姐是简单装束，只不过穿了一件新做的衣服，将头发梳得整齐一些。然而，灯光照耀下的姐还是显得很兴奋，脸上焕发着喜气，给人一种妩媚而不艳俗的美感。

从姐夫家出来,已是深夜。母亲走在前,我讪讪地走在后。我不由自主地萌生了某种失落感。母亲似乎也为家庭一个重要成员的离去而蒙上淡淡的忧悒情绪。在一个没有强壮男人支撑的家庭里,母亲非常清楚大女儿多少年来为她分担的是什么。

母亲默默无语地前行,一直到家门口,她才突然回过头来对我说:"你以后别去找芒果了,好吗?"

我一怔,与母亲在黑暗中对视了许久,我注意到,母亲是用一种很平等的商量口吻跟我说这件事的,好像重新开始的家庭生活不能被这件事的阴影所笼罩。一丝细微的羞涩心理侵袭着我。从母亲唐突而直率的话语中,我蓦然找到了芒果一下子冷落自己的线索。

我什么都没说。尽管我知道自己再也不会去找芒果了。

姐出嫁后一个星期,母亲想起是否也该请亲戚们吃一顿饭。同时,母亲忽然感到这么大的事情,事先居然没和二姨妈商量,日后吵起架来不知道要担上什么样的罪名。

事实上,二姨妈已经有很久没有打开过道中间那扇紧闭的门了。母亲曾无数次敦促她的子女们去关心一下二姨妈。姐已经很少与二姨妈说话了;二姐呢,从劳改农场逃回来不久,神经出现了错乱,经多次求医大量服药,病势得到控制,但经常与母亲大吵大闹,这样一种状况根本不可能期望她去做什么；我的地位照说应该有些特殊，按母亲的话说起来，二姨妈一向从心里比较疼爱我，我应该可以成为和二姨妈交流的纽带。而我什么也没有做。这使我很多年后每每想起，总有一种不堪回首的愧疚心理。并不是谁都能拥有照拂一颗孤僻心灵的权利，二姨妈对看不顺眼的人往往是毫不客气地杜绝别人体恤她的好意，她把这些人的行为都理解为是图谋她的财产，而我是很少几个不会沾上这种名声、拥有某种特权去接近她的人，但我却轻易地将它放弃了。

随着年龄的渐长，我不仅是没有加固从小与二姨妈建立起来的感情，相反却愈来愈疏远，愈来愈生分。童年时的我渴望听到二姨妈的呼唤，每次我站在小院门口，看到穿得山清水绿的二姨妈从外面回来朝自己招手，我便像一只小鸟似的飞奔而去。然后二姨妈便挽着我的手，走入弄堂纵深处，左拐右拐来到她的家。

二姨妈用来款待我的晚餐，通常是一种红玉米粉做成的面疙瘩。做饭的时候，二姨妈换下旗袍穿上大襟罩衫，手持一只陶罐将红玉米粉加水后调稠，慢慢往飘浮着菜叶的沸水锅内注入一截截玉米糊，这时的我，就坐在灶头前拼命往灶膛里添禾加柴，熊熊火焰映红了我的脸蛋。二姨妈时常要检查我的工作，一旦发现我将灶膛塞得太满，她便会心疼得大嚷大叫,一边赶紧蹲下身子将她认为很金贵的柴禾钳出几块。饭做好后,盛出两碗,二姨妈和我面对面坐在小凳上用餐。好吃不好吃哦?二姨妈喜欢这样问我。大口嚼着面疙瘩的我嘴没工夫,只一个劲地点头,发出哼哼唧唧满足的声响。那时候我对面疙瘩的赞叹是真诚的。我们家从来不做,难得有机会尝到,我确实觉得那玩意儿很香。慢慢地,我觉得二姨妈做的面疙瘩不如以前好吃了。当二姨妈一如既往地问我相同问题时,我会挑剔地说:太淡了。二姨妈拍拍脑门,抱歉地说:哦,忘了放盐了。以后二姨妈再用征询的目光看着我,我便反问道:二姨妈,你为什么不放一些肉片呢?二姨妈一听,愣了愣,一把夺过我手中的碗,大怒道:就算我都喂狗了!我悄没声息地离开二姨妈那间又大又阴森、四壁都被烟熏黑的屋子时,还听到二姨妈嘟嘟囔囔的声音:喂只狗,狗还会看门对人摇尾巴哩。

  从什么时候开始,二姨妈的召唤对我来说失去了吸引力。二姨妈的大嗓门发出的呼唤已无昔日的光彩和魅力,相反,我有一种逃避的欲望。童年时我与其他小孩发生争执,二姨妈无数次赶来,用粗俗的斥骂声喝退我的敌人,那时候我会感到欣慰,感到一种依靠。日后的情形就完全不同了,二姨妈的介入,只会使事态更加恶化。随着岁月的推移，谁也不再惧怕二姨妈。二姨妈的那些下流粗俗的辱骂，导致的结局便是我的对手们用更加激烈的手段来报复我。而二姨妈那些与众不同的下流话也每每使我感到羞惭不已。拥有这样的保护者，似乎对我的心理压力更大。我宁可不要二姨妈出场，一个人承受敌手们的欺凌和挑战。渐渐地，当二姨妈发觉她的好意并没有得到我的感激之后，她的介入方式改变了。她在辱骂那些人的同时，也用"坏种""坏坯子"这类词将我也囊括进去了，以至于我的敌人也有些迷糊起来，不知道那个暴跳如雷的老女人究竟是在帮谁。

有一次，我听到二姨妈站在弄堂门口大喊大叫，很多人围了过去。人群里我看到有樱桃父女。樱桃嬉皮笑脸不知说了句什么，二姨妈大骂了一声，人群中爆发一阵猥亵的哄笑声。最后的一幕场景是令人难忘的。以后只要我一想起这幕场景，背脊上就会有无数虫子爬过的感觉。人群散开一条路，樱桃痴笑着逃去，二姨妈满嘴秽语污言地在后追赶，这一幕摇摇晃晃的场景在我的视野里渐渐变得明晰之后，我终于看清二姨妈手中提着的是什么东西了：那是一条沾满污血的月经带。我当时的反应是急遽转身掩面而逃，我实在不忍心继续看着二姨妈当众出丑下去了。

很多年以后，从一只长沙发上滚落下来的樱桃抚摸了一下自己的下身,当她看到手指尖上隐隐约约的鲜血斑迹,她顺手给了我一巴掌,我一让,颈脖上火辣辣的。樱桃说:"妈的,你把我搞出血了。"已经套上裤子表情冷静的我,因为来不及躲闪,挨了一巴掌后微微眯缝上了眼睛。就在那一瞬间,我的眼前浮现二姨妈手持一根白晃晃的东西愤怒追赶樱桃的场景。

母亲在姐婚后的第三天,把舅舅一家和四姨妈请来吃了一顿饭。二姨妈没有来。舅舅是二姨妈最信任的人。每次二姨妈碰到不顺心的事,都要长途跋涉去舅舅那儿倾诉一番。但这次舅舅的面子也不管用了。他跑到二姨妈家左劝右劝也没能把她请来。舅舅回来后挥挥手,让大家开始吃饭,感叹地说:"二姐这一辈子也吃了不少苦,她脾气古怪,大家都不要和她计较。"

不久后的一个下午,我放学回来,看到四姨妈等在家中,见了我笑吟吟地说:"骆驼,把书包放好,帮姨妈去做一点事。"

我跟随四姨妈来到二姨妈家门前,只见神情枯槁的二姨妈提了两大包棉花胎等在那儿。二姨妈似乎并不愿意搭理我,我不由得低下头,只听见四姨妈说:"帮姨妈把这两包东西挑走。"

我挑起那两包东西匆匆离去之际,甚至都没敢看一眼二姨妈。理所当然地，我更不会去注意二姨妈的脸色，也不会去想一想为什么二姨妈要送两条棉花胎给四姨妈。四姨妈的家境并不穷困。

棉花胎很轻，我一路小跑，走了半个多小时来到了四姨妈的家。四姨妈奖赏了我两元钱。我不肯收，四姨妈硬是塞进了我的口袋。我哼着小曲又回来了。

过了两天，我从学校回来刚刚走进家门，母亲便告诉我一个消息：二姨妈住院了。

送二姨妈去医院的是四姨妈的女婿。四姨妈的女婿来做客，发现二姨妈脸色蜡黄，执意打了急救电话，叫车将二姨妈送进了医院。化验结果：后期黄疸性肝炎。医生说二姨妈是因为长期营养不良得的病。

38

二姨妈自从住进医院后便再也没有回来。

二姨妈生命里的最后一段时光是在医院度过的。谁都没有料到她会遽然离去。她这样匆忙地告别人世，似乎就是为了让我——她的外甥日后生活里永远逃脱不了负罪感的追逐。如果说生来有罪的说法还有些让人疑虑重重，那么一个曾经和你很亲近的人在她濒临冥界前，给你留下不可填补的空隙，使你无法像一个正常人那样面对阳光和鲜花，你就明白了神兴许并不是前人凭空杜撰出来的。

二姨妈的死给我留下了一个永远的难题：我还能说自己是清白无罪的吗？

这样看来，死与生是可以签署永久契约的。死者的逝去所掀起的那一道光影也许并不曾消失，它不知不觉隐藏于生者命途的两侧，每当生者忘乎所以地释怀大笑，那道光影便会倏忽闪现在前方大路的某处，使目光黯淡的生者即刻感知了冥冥之中神秘力量的存在。

死者只解脱自己，只要它愿意，它满可以让生者长久地置于永劫不复的境地。

二姨妈刚住院时，母亲去医院看望她，和四姨妈轮流陪夜；后来化验结果出来，二姨妈被转移到了隔离病区，那时母亲再去看她，就只能远远地隔着铁栅栏望上一眼。母亲曾让我们也去探望二姨妈。但未等她的口气变得坚决起来，二姨妈已在一天夜里阒然长辞了。

作为平素关系不算融洽的姐妹，兴许母亲已尽了她的义务。正是她的明智态度，才使得以后亲戚们对我们家的指责不至于肆无忌惮。然而，母亲所做的毕竟是她的份内事，她不能替人代过，她无法替她的子女们洗刷掉良心的尘埃。在二姨妈住院期间，我，及我的姐姐们，都未曾去看过她，给她最后的弥留岁月带去一点安慰。最最关键的还在于，二姨妈体内潜伏危险的紧要关头，是四姨妈的膝下儿女，而不是毗邻二姨妈的我们将她送进了医院。追溯的目光放得再远一些，倘若我及我的姐姐们不是那样疏远步入老境的二姨妈，倘若我们比较早地去关心她过于清苦节俭的生活，也许二姨妈还有更多的时光来安享晚年。

于是，二姨妈的死去，留下了一个悬念。围绕这个悬念，我们家所有的亲戚们纷纷登场，上演了一出激烈而精彩的话剧。

这个悬念，便是二姨妈平生克勤克俭节省下来的包括房产在内的价值几万元的遗产。二姨妈没有继承人，按照法律，这笔遗产自然该由她的兄弟姐妹们来协商处理。大舅舅和大姨妈已经去世，二姨妈一走，健在的还有三姨妈、四姨妈、舅舅和我母亲。我母亲排行老五。

平素亲戚们的关系应该说都是非常和睦的，常来常往，尤其是舅舅，对我们这些小辈可说是体现了一种长者的抚爱和风范。从童年起，舅舅在我的心里便具有高大巍峨的形象。他的热情好客，他的传奇般的酒话，他的那架挎在肩上的德国货照相机，以及他年轻时代的风流韵事，都像星辰一样照亮我的童年岁月。今天，当我回想起旧日往事，回想起儿时记忆里的表姐们，回想起给过我温馨关怀的舅舅姨妈们，我都恍恍然不知身处何地，那场围绕二姨妈遗产所发生的故事似乎从未在我的记忆里出现过，似乎那只是一个传说，一场梦。

先说四姨妈。二姨妈躺上活动病床被护士转移至隔离区之前，曾抖抖索索地从夹衣口袋里摸出几叠用旧报纸包着的钱币。二姨妈没有把钱存入银行的习惯。她所有的钱，都东一包西一包，塞在她屋内一些令人意想不到的地方。有一年的夏天，一个爬上屋顶的邻居在看到二姨妈搁置在窗台上晒太阳的一只淘箩后惊叫起来，因为淘箩里摊放着的是一叠叠发霉的纸币。

那天二姨妈摸出几包钱币交给四姨妈的时候，恰巧被另一个在场的表姐看到，四姨妈为了含糊过去，搪塞说那是二姨妈用来支付住院费的钱。表姐经四姨妈这番弄巧成拙的解释后，反而感到困惑不解，她不明白享有劳保的二姨妈为什么还要支付住院费。她把她的疑问告诉了我母亲。母亲也感到奇怪，便在一次谈话中不经意地问到了这件事。岂料四姨妈听后，脸色顿时变得通红，大怒道："那是二姐嘱交给她弟弟的钱，要那些多嘴多舌的人来操心干什么。"四姨妈毕竟也是上了年纪的老人，缺乏随机应变的机智，她本可以把谎说得更圆一些，这么一来，舅舅就

253

白捡了那些钱。

最后四姨妈哭丧着脸将那些钱交给舅舅时,她嘟嘟囔囔反反复复地说:"二姐没留过什么话,都是我瞎编的,瞎编的。"

在这件事上吃了哑巴亏的四姨妈,一下猛醒过来似的变得无比精明。她开始正视自己的能力了,她知道自己不是年富力强的弟弟的对手。于是她提出了一个建议:成立一个遗产分配小组,除了二姨妈的弟妹们是这个小组当然的成员外,每个家庭还可推派出一个人来参加这个遗产分配小组。四姨妈的这个建议可谓是富有想象力的。舅舅自然请出舅妈来助阵,可实际上的决策者依然是舅舅,所以这个建设性的建议并未让舅舅那一系的状况有何改观;我们家呢,舅舅和四姨妈建议由姐来加盟这个小组,他们知道缺乏经验、经常受到二姨妈生前责难的姐,不可能理直气壮地给整个遗产分配过程增添什么麻烦。

在这个建议中得到最大好处的是四姨妈。由于她的提议得到认可,四姨妈一系的幕后智囊,她领养的儿子而后又成了她女婿的提早退休的前中学校长,堂而皇之地从幕后走到了谈判桌前。在日后一轮轮的谈判中,一次次证明他不愧为表面上酒醉糊涂、实际上足智多谋的舅舅的强有力的对手。他对四姨妈那一系最大的贡献,不仅在于有效地遏制了舅舅野心的急剧膨胀,而且还巧妙地躲避了遗产小组对那两大包由我代劳扛走的棉花胎事件的调查。在他的唆使下,四姨妈一口咬定棉花胎是二姨妈送给她小女儿的,而棉花胎里决无其他东西。这一说法的可疑之处是:在清理遗产的过程中,大家发觉二姨妈的一些首饰和金银细软都不见了。这些不翼而飞的珠宝,众所周知的就有外婆传给每个女儿的一副手镯,我母亲在最为困难的时期抵当给二姨妈的一对翡翠足金戒指,这还不算二姨妈各个时期收罗的金银首饰。

事隔十五年之后,过八十岁生日的四姨妈,将一块手帕包着的金银首饰平分给她的三个女儿。其时的黄金价格大大上涨,按照市面行情,四姨妈的三个女儿分别继承了价值几万元的黄货。四姨妈的这些金银首饰是从哪儿弄来的,至今仍是一个谜。唯一遗憾的是,四姨妈八十大寿那天,当年那个绞尽脑汁的谈判功臣、她的乘龙快婿已不在人世了。

这场遗产风波中的主角当然非舅舅莫属。从一开始他就占了舆论的上风。无论是操办丧事还是具体筹划各类细节问题,他都事必躬亲地过问和决策。这时的舅舅真像一架不知疲倦的永动机。他喝了那么多年的酒,好像就是为了等待这一时刻的到来。他令人难以置信地戒了酒,风尘仆仆地在这座城市里赶来赶去。当有人关心他的身体,问他累不累时,他无可奈何地将双手一摊,说:"这有什么办法,按照我们家乡的习俗,姐姐的事当然得由弟弟包了。"

当时舅舅这么说时,谁也没有引起注意,谁也没有真正从他的话里领会其真正的意图。唯独这句话传到四姨妈的女婿耳里,前中学校长清癯的脸庞上一对有神的眼睛凝然不动,幽幽地说:"这话也不能这么说。现在是新社会了,男女都一样,姐姐的事妹妹们也该多加操心才对啊。"

现在看来,当时只有四姨妈的女婿是清醒的,只有他是听懂了舅舅话里的弦外之音。后来当舅舅借清点财产之名,向四姨妈索要房门钥匙,这个唯一的清醒人即刻跑来对我母亲说:"清点财产应该大家都在场,不能让舅舅一个人擅自行事。"

舅舅显然是感到了某种阻碍他意志的力量的存在,他的话一次次被打了折扣或干脆无法付诸现实,他察觉到了问题的棘手。那时他肯定已审时度势,看出他的弱点:不能对簿公堂,不能将遗产问题交付政府机关办理,那样的话,他作为男性同胞的优势将丧失殆尽。而实际上,四姨妈的女婿已经说过类似"舅舅是教师,是懂法律的"这样的话。舅舅深深懂得,只有在家庭内部解决遗产问题才会对他有利。鉴此,他接受了四姨妈提出的成立遗产小组的建议。在他看来，四姨妈的女婿出不出场，四姨妈都是听他的。针对这一建议，舅舅经过深思熟虑，做出一个非同小可的决定，这一决定事后被证明是无比英明无比正确的。

在舅舅的安排下，舅妈火速赶回家乡，请出多少年深居简出的三姨妈。年届七十的三姨妈好像一尊金贵的菩萨，千里迢迢被舅妈请来后，供奉在舅舅家窗明几净铺有地毯的朝南大客厅里，她受到了女王般的隆重接待：每日菜肴丰富，每餐必有一樽三姨妈喜爱喝的绍兴黄酒，睡的是席梦思床，盖的是鸭绒被。三姨妈上床前，舅妈还要给她端来一碗点心，点心往往是一些熬成汤汁的补品。细心的舅妈发觉三姨妈的脚怕冷，特意跑去百货商店，替她买回来一双保暖鞋。

三姨妈受到如此隆重周到的款待，对她来说是颇感意外的。虽说舅舅的热情好客在亲戚中有上佳口碑，但作为丈夫被划地主遭政府镇压的破落人家的遗孀，三姨妈多少年来受到亲戚们的疏远。即使与舅舅有些往来，在漫长的几十年的岁月中，也只能算作是零星点滴。三姨妈长年居住乡下农村，她只有在太阳明媚的时候，才手捧一只铜手炉，端过一张竹椅坐在院门前的菜畦里晒太阳，一顶编织粗糙的绒线帽盖在白发苍苍的头上，几绺银丝从三姨妈的两鬓披挂下来。她的眼神是迷离的，给人一种恍若隔世的感觉。她在打发后半辈子的时光里，几乎杜绝了任何从风尘弥漫的大路上传递过来的城外消息，当然，她也拒绝了所有关于她胞姐胞弟的音讯。她决不会想到，在步入耄耋之年，从一辆停靠村口小溪边的长途汽车上，跳下了她的弟媳妇，来竭力邀她作一次生命最后的游历。她在尽情享受那些高规格的礼仪和待遇之际，不会想到这次事先吉凶难卜的远游，其实已预示了她大限的临近。她那双蒙昧的眼睛里看见的大路上走来的弟媳妇，应该是充当了一个冥府使者的角色。那会儿她如果早早地提高警惕，也许还能推延大限一步步的临近。

当三姨妈心情喜悦，随她弟媳妇赶赴这座年轻时到过的城市时，她一定还以为，她也能作为一个系脉来分到属于她的那部分财产。但三姨妈肯定忘记了一件事。她忘了想一想，她这么大老远地去为谁争取哪怕是万贯的钱财，她还有多少时间来慢慢享用这些钱财？她唯一的儿子"天公神仙"早就和家庭划清了界线，早就不认她这个母亲了。

这恐怕就是我的姨妈们在这场闹哄哄的遗产纷争中所视而不见的悲哀。当然，这也是那个已经长眠九泉之下的我的二姨妈的悲哀。她们是真正的中国农民。即使历史提供了一定的机会，让她们逃离土地，移居城市，她们也会像农民渴望买地一样，用不吃不喝节省下来的钱来购置房产，敛物聚财。二姨妈死后从她床底下翻出的大量碎砖块，三姨妈颠着小脚长途跋涉的苍老身影，以及四姨妈八十岁生日那天的庄重场景，以及舅舅为了达到他的目的，不惜毁坏长久以来建立起来的声誉和形象，而多少年后他的妻室儿女弃他而去，让他一个人游荡于乡间的阡陌小路过一种孤魂飘零的生活，这些重合交错的景象，都让我真切地感到汩汩流淌在我血管里的血液源头来自何方。流浪是一种逃离和背叛的形式，流浪者终究无法改变自己的血性。

就在我的亲戚们调兵遣将准备大动干戈的时候，隶属我母亲这一系脉的阵营里却显得格外的风平浪静。除了母亲之外，我和姐姐们都非常麻木。我们都未曾察觉构筑在亲戚们之间的和睦关系的堤坝已经开始迸裂，然后加速度塌陷崩溃，我们都还蒙在鼓里，一张温情脉脉的面纱之所以还没完全撕下，只不过是各路兵马暗地里的准备还不够充分，还没到短兵相接的火候。

那些日子里，母亲带回来的一些零星消息并不能引起我的注意。母亲和她的儿女们一样，感到一种歉疚。道义上的反思使我们根本无暇去想那些遗产问题。

二姨妈的死，带给我的是无边无际的孤独和恐惧。我对道义层次上的思索很有限，我仅仅觉得在对待二姨妈的态度上，我做的不合适。不合适在什么地方，我说不清。我一次次地想起二姨妈和我的最后一次谈话。那是我的秘密，我不会告诉任何人。那时候紧紧缠住我的是另外一件事。一个原先你很熟悉、离你很近的人突然消失了，它使你想到：死，其实离你很近。

一个熟悉的人的死去，就像距你不远处的地方所出现的严重的泥土塌方，你脚下的土地仿佛也开始晃动起来。

我第一次靠近了死。朦朦胧胧很不具体的死。

39

随着亲戚们的陆续到来，我家屋内的气氛也变得紧张起来。这情形很像纪录片里国家首脑们的会晤。

舅舅和四姨妈分坐桌子中央两侧。皮肤白皙、目光超然的三姨妈穿得整整齐齐，坐在靠近墙壁的一张躺椅上。桌子向左向右，依次坐着舅妈和四姨妈的女婿。母亲忙忙碌碌给大家沏好茶端来后，正对着桌子坐下。

舅舅扫了一眼站在门边的我和二姐，慢悠悠地说：

"分配小组的成员留下，无关的小辈就回避吧。"

舅舅说话时面带微笑，他的布满血丝的眼睛又朝着天花板，一时大家都没听明白他的话。倒是年纪最大的三姨妈脑子反应灵敏，她摇头晃脑哼哼唧唧地说：

"是呵是呵，小辈是隔了一代的人，最好还是不要参加这种场面。"

舅舅的原意是让我和二姐退避一下，三姨妈将他的意思一引申，变成了小辈们都要回避。这一波及面太大的动议，显然引起了四姨妈女婿的不满，所以当二姐态度生硬地拒绝离去时，四姨妈的女婿即刻表示赞同，使得舅舅只能改口，说无关的小辈们旁听一下也无妨，只是不要随便插嘴。

遗产分配小组已经不止一次开过类似的会议了。开会的地点业已多次变动。在这方面，我的亲戚们可以说是具备了职业外交家的素质。对选择开会地点的意见不一，其实显示了各自的倾向和必要姿态。高明的谈判老手往往在商讨重大问题前，总是先在一些细枝末节上纠缠不休。对峙的双方争执不下，并非是他们真的十分计较诸如时间地点这些细小问题，宛如一场古代战争阵前的鼓乐争鸣，宛如交响曲的序曲引子，一种声音的出现，总要遭到另一种声音的抗衡，以表示谁也不能摆布谁的坚强意志和铿锵决心。舅舅与四姨妈女婿的较量，一开始就是从开会地点上发生歧义的。舅舅提出以他的家为主会场，四姨妈女婿几乎不假思索便推翻了他的提议。舅舅的提议之所以那么不堪一击，是因为四姨妈女婿指出，舅舅家离市区太远，开会地点的选择应该考虑到老人们行走不便的因素。他认为应该选择一个离二姨妈旧居较近处作为主会场，理由是便于清点财产。

他们双方互相争执不下的时候，我的母亲被冷落在一旁。后来她提议轮流做东道主的方案得到一致赞同，似乎再一次证明了谈判史上颠扑不破的真理：敌对双方处于僵持胶着状态时，中间路线往往占上风。

经过几轮务虚的会谈，实质性的问题渐渐显露出来。各方都预感到临战前沉重的心理负担。这恐怕也就是一向待人宽厚和蔼的舅舅，一反常态提出让我和二姐回避的原因。

会谈开始，经舅舅的提示和启发，年事最高的三姨妈首先赢得说话的机会。三姨妈赢得第一个发言权，事后看来是举足轻重的。面临重大谈判，第一个发言的人，往往具有定调的性质。这可以使会谈的进程朝着主持人所设定的方向发展。对三姨妈来说，她的首先发言给人一种印象，她似乎获得了一个正正当当的席位，而不是像一开始大家理所当然感觉到的那样，一向独居乡下默默无闻的三姨妈，并不会在这宗遗产案中担当一个继承者的角色。

三姨妈穿得干净利落，经过这些日子人参补品的调养，她已从长途跋涉的疲劳中恢复过来，白皙的肤色透出一丝淡淡的红润。她端坐躺椅上，背脊挺得很直，两只深受封建制度迫害裹得宛同粽子般的小脚整齐地并在一起，她的布满黄色老人斑的手合拢在膝盖上，不时地搓着，好像是她思索的外在形态。三姨妈的一头苍发的脑袋前后摇摆晃动，含糊不清没头没脑的话语夹带了浓重的地方口音，这使得列席会议的我常常皱起眉头，像猜谜一样去猜测三姨妈含含混混的演说。三姨妈断断续续地持续几十分钟的发言，核心问题其实只有一个，尽管她的话题几乎涉及了几百年乃至更远的乡间历史中的风俗习惯。她要阐述的无非是男人在漫长的历史中始终不变的主导地位。她举出大量的例子，来证明男性比女性在继承祖业方面的优越条件。她的东拉西扯的引经据典，让人怀疑她千里迢迢从农村赶到城市来，似乎就是为了宣传男系社会的合理性。她的意思过于直露，恨不能一锤定音，将二姨妈价值不菲的遗产统统归于她弟弟的名下。她的这种舍己救人，首先想到别人的良好风格只在演说结尾处出现了一点偏差，她表达了她不应被忽视的权利。她认为按照城乡差别，她是姐妹中最贫困最应得到接济的。

紧接三姨妈的话题，整个会谈对男系社会与母系社会孰优孰劣问题展开一场马拉松式的辩论。在这场辩论中，身材高大面容精瘦的四姨妈女婿表现出了训练有素的辩论技巧，他据理不让、感人肺腑的出色演说极能笼络人心，他最后不仅赢得四姨妈、我母亲的当然支持，连三姨妈也摇头晃脑与之相呼应，忘记了她的初衷和使命。

舅舅在辩论中也并非一无所获。在进入非常具体的财产分配之前，大家确认这样一个共识：即舅舅作为唯一的男性继承人，作为二姨妈生前多次提到的为数不多的可信赖的人，他可以稍稍多分一些财产。

凭借着这一原则，舅舅在每一关键时刻，处处占得优先选择的特权。例如在分配房产时，他当仁不让地提出要朝南那间结构良好的红楼房，四姨妈紧追其后，也要了那幢房子中朝北的一间，剩下母亲就只能接受那间毗邻我们家、二姨妈生前作为厨房因而四壁脱落房梁坼裂的灰矮房。整个分配过程就这样变成了舅舅先占有利，四姨妈屈居其次，我的母亲最终拾人牙慧的一次程式化的瓜分。

三姨妈一直很沉得住气。她摇头晃脑地关注着事态的发展。她对弟妹们屡次公然的忽略似乎并不在乎。她那么自信让人事后只有一个推断，那就是她相信她的忠诚和帮腔，会得到她弟弟的回报。她相信他不会遗忘她。后来当得知她只能分得二姨妈的一些老式服饰时，她忍不住呜呜地哭了。她说，你们不能这样欺负人。而这时舅舅笑微微说出的一句话，让三姨妈即刻停止了呜咽，两只眼珠像水晶一样闪闪发亮地盯着她的胞弟。

舅舅说："你成分不好，你要拿了那么多钱财回乡里，政府又要来抄你家的。"舅舅像是甚怕三姨妈不明白他的意思，接着又语重心长地补充一句："二姐是工人，这些遗产都是一个工人辛苦了一辈子积攒起来的，你想政府会让你来继承吗？"

天真的三姨妈不知道她已经完成了远行的使命。她再要提出任何要求，都要由其他三人分摊，已经占了有利位置的舅舅，此时当然要维护好他的胜利成果。三姨妈大字不识一筐，她对突如其来的变故一时无所适从，所有的希望顷刻间化成泡影之后，她嘟嘟哝哝反反复复只会说的就是一句话："你们不能这样欺负人，你们不能这样欺负人。"

拿到一包旧衣服的三姨妈在这次会谈之后，坚决拒绝了舅舅一家挽留她再住几天的好意，第二天清晨登上火车回到了故乡。几个月后，她静静坐在一张竹椅上，面对远处高耸的大山闭上了她的双眼。她急速追随二姨妈阴魂而去的事实，为她此前草率而匆忙的远游打上了句号。

在整个瓜分遗产的过程中，我的母亲始终处于被动的地位。每当舅舅和四姨妈论功摆好，追忆昔日与二姨妈的手足之情时，我的母亲只能默然无语。无论是从舅舅嘴里，还是从四姨妈首肯的神情里，都能找到二姨妈生前对她五妹强烈不满的佐证。舅舅和四姨妈高举道义的电棒，只要我的母亲稍有不逊之言，他们一准齐声讨伐过来。处于极为不利情形下的母亲脸色阴郁，经过几次会谈，她已渐渐看清了舅舅和四姨妈一次次指责自己的真实意图，她不愿相信她所认识到的事实。事过境迁，我的姐姐们依然不能忘记很多年前蒙受的屈辱，而每每这时，我的母亲总要为她的同胞姐弟辩护几句，她说，"他们心底里都不是坏人，只不过是被钱财这东西害的，鬼迷心窍罢了。"

"你们说我对二姐不好，我承认在某些事情上我是没有完全尽到义务。"后来，我的母亲情绪激动地开始了她的辩护发言。

"二姐的脾气古怪，你们没和她住在一起，自然摩擦就少，但是你们谁没有和她吵过？我从农村逃难到城里，是二姐接济了我，这份情我从没忘记，也不是没还过。房子是我用金银首饰作押向二姐买的，我住到这里来以后，二姐几次工作问题都是我出面与厂方交涉的，要不二姐兴许早给工厂开除了。生活上我对二姐也许照应不够，但我从来都教育子女要多关心她。我和二姐性格脾气差异很大，但我问心无愧的是我从没什么真正对她不好的地方。"

母亲说着说着,眼圈红了。接着,她这样结束她的辩护发言:

"我从没想过要二姐的东西,我觉得那都好像是从天上掉下来似的。"

"为什么不要?是我们应该拿的那份我们为什么要放弃?"我的二姐一直气呼呼地坐在那儿没吱声,这时却再也忍耐不住了。她的声音清脆响亮,摆出了一副吵架的姿态。

"不是说好小辈们不插嘴的吗?"舅舅慢吞吞地说。

"为什么不可以说?既然大家已经撕开了脸皮,那就干脆说个痛快。你们对二姨妈有什么好?你们说呀!"二姐连珠炮似的话语,一下使得大家陷入了沉默。

"要是骆驼对二姐好一点,肯给她做干儿子,那这些遗产就都是骆驼的了。我们也用不着坐在这里商量什么了。"三姨妈摇头晃脑突然说出的这一番话,扭转了冷场的局面。

舅舅和四姨妈也缓过神来,连连点头称是。于是,舅舅和四姨妈又异口同声地数落起我的不是,我的不是也就是我一家的不是,在这一点上取得一致的舅舅和两位姨妈,使接下去的场面变成了众口一词的对我的声讨。

作为四姨妈一系的智囊人物,只有四姨妈的女婿是具有战略目光的,他清醒地认识到,过多责难我及我一家，实际上符合舅舅的利益，他曾经屡次提醒过四姨妈，只有联合五姨——也就是我的母亲，才可能制止真正的对手——舅舅恶性膨胀的物欲。而此时的四姨妈显然将他的嘱咐抛之九霄云外，她也忘记了刚刚还为了交出那几包二姨妈留下的颇具争议的钱，和舅舅吵得不可开交，经三姨妈一煽惑，舅舅再火上加油，她也糊里糊涂对我及我的家人大肆讨伐。按她直截了当的简单想法，似乎舆论对母亲愈不利，她也就愈加可以多分到一些财物。她的幼稚反衬出她女婿的高明。四姨妈的女婿觉得不能再让舅舅牵着鼻子走了，假如五姨一旦从舆论上被舅舅一棍子打死，他从一开始就竭力倡导的联盟将迅疾解体，而四姨妈这一方也就将直接、孤单地面对舅舅的挑战。他看看情形差不多了，便选择一个时机站起来沉稳地说：

"过去的事已经过去了。今天我们还是应该抓紧时间讨论正题。"

长辈们劈头盖脸的谴责像雪片一样飞来之际，我和姐姐们一开始都保持着缄默，只有母亲气得眼圈红红的，胸脯急剧起伏。后来又是我的二姐熬不住，跳起来大叫大嚷道：

"你们都是菩萨的话，干脆把二姨妈的遗产一把烧掉算了，大家都不要拿。"

"这话恐怕轮不到你来说吧。"舅舅眼睛望着天花板笑嘻嘻地说。

"为什么不可以说？就要说，就要说！你们口口声声说对二姨妈好，人没死几天你们就为了她的遗产拼命算计了，你们就是这样一种好法？"

"小辈怎么能这样对长辈说话呢？"三姨妈摇头晃脑地在旁边咕哝道。

舅舅仰起头颅，两只手合拢支撑着下巴颏儿，嘿嘿地笑了两声，说：

"奇怪啊奇怪。要说骆驼吧，二姐生前倒确实比较喜欢他，只怪他自己不争气；可要说你，二姐对我们讲的就没一句好话喽。"

三姨妈用一种惋惜的口吻把我牵进来时，坐在角落里的我，心里像被什么东西蜇了一下的难受。我明白三姨妈为什么要把我抛出来亮相。现在舅舅再一次提到我，并且笑嘻嘻的，更让我受到难以言喻的刺激。从他们的话里，我体味到这样的意思：你看你傻不傻，你要早一点醒悟过来，对二姨妈好一点，这些遗产就统统归你了。是你自己放弃的，那就怪不得谁了。

三姨妈和舅舅为我提供了一个看问题的角度：友善和索取的关系。付出是为了得到，丧失是因为没有付出。道义和物质原来就是这样紧密联系在一起的。我为自己长久以来处于蒙昧无知的状态而感到惭愧，三姨妈遗憾的神情和舅舅带有调侃的微笑，又让我感到莫大的羞辱。我的眼珠一动不动地远远望着舅舅。我觉得仿佛不认识眼前的这个人。那个在灯光下微笑着的人是谁？那个在二姐无礼反击下萎缩成一团的人是谁？那个巍峨高大面容慈祥的男人哪里去了？那个挎着照相机笑声爽朗的长者哪里去了？它们曾经存在过，它们曾经依附于某具躯体，但是现在消失了，无影无踪了。一幢高耸入云的建筑物在我的眼前轰然倒下。

我站了起来。从口袋里掏出一支老式派克钢笔。我朝那个微笑着的人走去。我将那支作为生日礼物领受的旧笔放在舅舅的面前，舅舅仿佛不忍目睹似的转过头去，目光朝向了天花板。然后我在众目睽睽下走出了屋子，来到院中那棵无花果树下，终于克制不住心底奔涌的情感，失声痛哭起来。

浩瀚的夜空中，无数被泪水模糊了的星星在急速陨落。在我的记忆中，从未这么伤心的痛哭过，哪怕是遭受辱骂和鞭打。我似乎要将郁结胸中的所有委屈、耻辱、愧疚、悲痛一股脑儿全部倾倒出来。

我预感到这是一次划时代的号啕大哭。

这时，我听见屋里传来舅舅的声音："是应该让骆驼好好哭一哭，那样他会好受些的。"

40

我与老太太所进行的最后一次决定胜负的内心较量就将来临了。

二姨妈的死去以及围绕遗产问题的纷争，让我从感情上加速背离家庭的走向。远远地一看到家中小院里那棵枝桠伸展的无花果树，我的脚步便变得迟疑和凝重起来。对亲戚们的厌恶导致了对母亲更加繁复深入的怀疑。在我看来，那些人都是母亲的姐妹兄弟，就像一棵树的果子，难道还有什么根本的区别吗？对家庭离心力的日益增长，促使我投入外面世界的决心一天天坚固起来。这样，我和老太太的那场较量就变得不可避免了。我几乎已经听到了咚咚迫近的开场锣鼓。

那时候，困扰我的是一些非此即彼的问题。如果家庭是值得怀疑的，那么外面的世界就是可以信赖的。可是当我真正来到外面世界，又重新陷入了新的困惑之中。

比如说，坐在公共汽车上，我常常看到许多人非常沉着地逃票,那些人服饰整洁,容貌端正,看上去并不像坏人,这就令我十分痛苦。道义上的煎熬使人难以做出抉择,究竟是勇敢地冲上去指出那些人的劣迹呢,还是视而不见把头转向车窗外。按照从小所受的教育,我应该选择前者。然而孤僻的性格和不当告密者的准则注定了我不会这么做,我只能在默默的痛苦中听凭车辆有节奏地向前驶去。有的时候,我占了一个座位,恰巧有个抱小孩的妇人过来了,对视的目光随着车厢的颠簸仅仅几个回合,我便狼狈地起身钻入人群。事后我还为刹那间的犹疑感到羞愧。但渐渐地我又对自己的羞愧心理产生了怀疑,究竟为什么要将座位让给那个妇人,就因为她抱着小孩?不是还有很多人没让吗?不让座位是否就意味着内心邪恶?不让座位的邪恶与乘车逃票的邪恶究竟哪一种更邪恶,既然我已经容忍了逃票者的邪恶,那么不让座位的犹疑还算得上是一种邪恶吗?

有一次我从中门跳上一辆长龙电车。车上的人塞得满满的,我从口袋里掏出一毛钱,攒动的人头挡住了我寻找售票员的视线。电车驶过一站后,有个人下车让出一只座位,我坐下后更像掉进了地洞,四周的人堵得密不透风。电车停靠后又重新启动,不一会儿,一个佩戴红袖章的老头出现在我的面前,斥问我是从哪里上车的。我挥动手中的钱币，竭力解释了半天，脸涨得通红，还是无济于事。旁边的许多乘客都你一句我一句帮着老头要我罚款，似乎我罚得越多他们越高兴。最后我掏出了一个月的零花钱才对付过去。我手心里攥着一大叠票根，下车时一把抛向了天空，强忍着没让泪水涌出眼眶。

这件事情对我是印象深刻的。非此即彼的简单善恶逻辑遭到了动摇。我似乎隐隐感到，善与恶、美与丑的分界线有时很难确定。评判的准绳究竟是什么？是老师从小在课堂上讲的那些吗？那又怎么来解释我从不想逃票而遭到惩罚、许多屡次逃票的人却安然无恙呢？倘若以往确立起来的价值标准不可信守的话，那有什么东西可以替代它呢？

尽管如此，我还是无法让自己跳出已有的道义准则的轨道。我还是不会去同情逃票者，还是会给带小孩的妇人或者上了年岁的老人让座。我不明白为什么要这样做。只是事后心里觉得比较舒坦。

这就决定了我与老太太之间的较量不可能取胜的最终结果。老太太很早开始便积聚各种力量，对她这个表面上温顺、内心深处却事事要与她拧着干的学生形成某种钳形攻势。她像一位韬略家一样看到，这匹远离人群的野马最终会乖乖地跑回来。她像熟悉自己的孩子那样熟悉她学生身上的弱点。她从不向他灌输什么。她要说给他听的话从不对他一个人说。她在他身边慢慢地逐步地酝酿一股气体，她让这股气体笼罩他，包围他，影响他，熏陶他，逼迫他在最后的一刻里身不由己地束手就擒。

那时候常来接近我的朋友是熊猫。学农归来后，鳄鱼渐渐疏远了我。熊猫是班长，我是副班长，每次出黑板报熊猫都要跑来求我，熊猫说他自己的美术字写得不好，报头题图也画得不行，熊猫不是说出黑板报是班委会上明确分工由我负责的，而是带着歉意请求我帮帮他的忙。我没办法拒绝熊猫带歉意的请求。出黑板报的时候，熊猫总是忙个不停，提水擦拭黑板，给我当下手做一些杂务工作。时间晚了，熊猫会跑到食堂为我搞来点心。食堂是教师食堂，熊猫怎么有那么大能耐说服师傅将馒头卖给他，这不能不让我很久以后回想起来感到有些蹊跷。每次出黑板报总要到天黑后才能结束。有好几次老太太会像幽灵般悄没声息地出现在教室的门口，她笑微微地看着熊猫，又看看聚精会神抄写的我，好像她对事态一步步朝着她所筹划的方向发展深表满意似的。离开教室时，户外往往已是满天星斗。我和熊猫在黑魆魆的街道上一次次结伴还家的经历，为我们毕业时的风光历史埋下了伏笔。

冬天姗姗来迟。城市一片肃杀气象。我受到熊猫的邀请，走在寒风飕飕的街上，去参加一次特别的会议。我们走到会堂门口，只见四周壁垒森严，一群军人佩戴红袖章在会堂高围墙外面走来走去。熊猫和我随着来自各个学校的学生干部进入了热气腾腾的会场。

这是中学毕业前一年的事。这次会议留给我印象最深的一个场面是，主席台上发表演讲的一位女首长尚未结束她的话语，从台下过道口突然窜出一个打扮朴素的女学生，她靠近舞台，刚好能双手抱住女首长的两条腿，嘴里有节奏地低低咕哝着什么。这时主席台两侧闪出四个身穿军大衣的彪形大汉，他们动作敏捷地跑过去，一把擒住了那个女学生。他们肯定把女学生当作是袭击首长的歹徒了，所以，当他们手脚麻利地将女学生推搡至舞台侧面一扇小门里时，动作不免有些粗鲁，使得那个女学生哇哇大叫。那个女学生被推入那扇小门前，顽强地转过脸来，这时我看到她的两腮挂满泪水，女学生用嘶哑的嗓子朝着全场喊出了被带走前的最后一句口号："到农村去，到边疆去！"

全场仅仅沉默了片刻后，轰的一下，许多人都拥至主席台左侧的过道下面。有人从里面传出一只麦克风，于是，学生们都争先恐后，噙着泪水面对首长表决心。

坐在台下的我内心起了波动，我偷偷觑了一眼熊猫，熊猫纹丝不动坐着，我无法从他冷静的脸上判断出他的心理活动。我只得也像熊猫一样纹丝不动地坐着。

会后，放映了一部名叫《决裂》的电影。电影中的一首插曲后来迅速在城市里流行开来。直至我去了海边，我还常常在炎热的夏夜，听到从芦苇塘或从断电的楼房里传出这支歌曲悠扬的旋律。不知为什么，我那会儿再度听到这支歌曲，心底陡然会升起凄凉忧伤的情感。我觉得有什么东西宛如岁月般在歌声中悄悄失落。

一年后，我回想起来，熊猫那时候纹丝不动坐在群情激昂的会场里的神态和面容是不真实的。因为夏天来临的时候，当学校毕业分配方案一公布，熊猫差不多是全校第一个亮出了到农村去的旗号。熊猫在广播室里向全校师生宣布他的决定时，既没有声泪俱下也没有蛊惑人心的演说，但他还是在一夜之间成了众目睽睽的风云人物。

那些日子里，老太太的脸上时时挂着微笑，她走来走去眯缝着眼睛，观察人们对她的得意门生所做出的大胆举动的反应。熊猫的率先表态不仅再次印证了老教师出色的工作能力，而且还使得老太太在那些排挤她的人面前，大大出了口气。

老太太朝围成一堆的女同学走去。眉飞色舞的下台班干部香梨正对一群女生分析形势。据香梨看来，熊猫的家庭情况根据分配方案本来就是软档，无法留在城里，与其被分配到农村，还不如抢先亮出旗号，捞点政治资本。女同学喊喊喳喳，对香梨的分析刚刚做出了一些反应，不知道是谁看到笑吟吟走来的老太太，轻轻嘀咕了一句，顷刻间大家都缄默不语了。老太太走近女同学的时候满面笑容，谁也不清楚她是否听见刚才香梨所说的话，但香梨还是被老太太吓退了，乘人不备之机悄悄溜走了。

香梨走到楼梯口，与刚欲下楼梯的我迎面撞上。神情恍惚的我愣了愣，脸腮微微一红，让过身，矜持地从香梨的左边走下去。我的神情显然非常刺激香梨，她略有所思地走到拐角口，忍不住又回过头，朝着我的背影突然冒出一句："你的好朋友已经表态了，你怎么还没什么行动呵。"

我转过头，看到香梨的眼睛直勾勾地盯着自己，一副挑战的神态。我无心恋战，迟疑片刻后迅疾加快下楼的步伐。来到底楼，我的目光不由得又惶恐起来，因为我看到了正与一群女同学说着什么的老太太。我有些紧张，瞅个空子小心翼翼从旁边走出了老太太的视线。

平心而论，依我日后的记忆，老太太在毕业分配的当口从未正面与我有过什么交锋。每次遇到我，老太太只是用一种意味深长的目光看看她的学生。更多的时候是王顾左右而言它。但正是这种欲擒故纵式的宽容，让我精神上感到巨大压力，我常常能够觉出自己与老太太之间一场真正的较量已经来临。

老太太的沉着是罕见的。那时候，她遇到每个同学都要询问他们的态度，对熊猫的举动，对分配方案，对老师将来的工作，诸如此类。她唯独不问我。哪怕是她当着我的面询问其他同学，她也决不和我交谈敏感的分配问题。到了后来，老太太差不多与每个同学都谈过话了，我依然被冷落在一边。这给我一个错觉，似乎分配工作与我这个班干部并无太大的关系。老太太开始动员同学们写决心书表态，积极一点的写上到祖国最需要的地方去，消极一点的写上服从组织分配之类的话。这时从全校范围看，已有几个软档的毕业生响应熊猫的举动，主动报名要求去最艰苦的农村。我静观同学们拿着毛笔在红纸上刷刷地写着决心书，心头笼罩一团团迷雾。老太太究竟用的是什么战术？她把自己晾在一边究竟是什么意图？就是对待一个普通的同学，老太太的行为也属反常的。有几个同学写完决心书走出了教室，我也随之跟了出来。来到操场时，我被一种空前绝后的孤独感所侵袭。

有一天,我跟在几个女同学的后面,孤零零地一个人回家。远远地,我始终与七嘴八舌边说边走的女同学保持了一段距离。快到小街时,前面只剩下一个人了。我这才意识到,这个人是我的邻居樱桃。

樱桃放慢脚步与其他女同学道别,这导致我原先与之保持的距离遭到了破坏,再走几十米,我们差不多肩并肩走一块儿了。

"你没写决心书啊?"樱桃笑嘻嘻地问默默前行的我。

我一惊。抬头看了一眼樱桃。我觉得面前的樱桃变化很大,变得我几乎不认识了。此时此刻的樱桃并不像从前那个痴癫的樱桃,此时此刻的樱桃微笑起来似乎特别文雅,像凉爽的井水,慰藉一颗烦躁的心灵。使我在那一刻对樱桃产生好感的很重要的一点,是她知道我没写决心书。也就是说,我被隔绝在漩涡中心之外的时候,还是有人注意到了我的寂寞。

傍晚时分的夏日已如一只熄灭的火炉,散发出的一股股热气也不像正午时分那么火燎燎的烤人。拥有两条颀长修腿的樱桃,身穿短袖汗衫和一条白色西短,露出黑黝黝的皮肤,走在夕阳下,显得青春而健康。在我印象里,樱桃每次夺得全校女子长跑冠军时,都穿蓝色运动衫和白色西短,她的一根小辫随着她起伏的身影晃动在长长的跑道上。

樱桃那天的装束肯定刺激了我的灵感。在我突发奇想结结巴巴红着脸邀请樱桃去看电影时,我没想到,毫无思想准备的樱桃竟然满口答应。

这天晚上,内心骚动的我穿过凉风习习的林荫道,在隐蔽地潜入电影院之前,脑际交织着一些复杂的念头。曾经指挥推倒我家小院的是樱桃的父亲,那个将我从藏身处拖拽出来、将二姐揪上批斗台的是樱桃的母亲,他们是我们家族谁提起来都切齿忿恨的仇人,于今我竟会与他们的女儿去约会,建立一种密不可宣的暧昧关系,这使我感到生活中的很多事都不可预料,不可思议。我的内心被荒疏已久的情感欲望一阵阵撞击鼓荡的同时,也不断掠过一丝丝的恐惧感。

我潜入暗了场灯的电影院,刚刚搜寻到座位坐下,樱桃随后也赶到了。洗过澡的樱桃换了条长长的裙子,身上散发出一股好闻的檀香皂味。她在黑暗中笑嘻嘻地望着我,显得格外的兴奋。

长大后不知从什么时候起对我产生倾慕之心的樱桃,在那天晚上,毫无保留地开放了自己。坐在黑咕隆咚的电影院里,她一改平素那种疯疯癫癫痴头怪脑的态度,变得温存柔顺，像只无比依人的羊羔。这样，冲动的我几乎是在受到怂恿的情况下，做了想做的一切。我的手所向披靡地抚摸着樱桃润滑的肌肤，一会儿往上，一会儿往下，感觉裙裾下汩汩跳动的脉血，享受初尝禁果的迷醉和晕眩。这是我第一次用手直接触摸到女孩的肌肤。

这天晚上带给我的成功喜悦，以及伴随而来的陶醉感久久地环绕着我。无论是白天还是夜晚，我只要稍不注意，思绪就会飞翔滑落在那天晚上的电影院，眼前便会浮现樱桃侧过身体挡住邻座视线的机敏姿势，便会浮现樱桃嘴唇微启、脸蛋上仰的动人神态。几天后，当我发觉我的冒险行为并不为人所知，在一个天赐良机的下午，我给走在小街上的樱桃一个明确的示意动作，将她邀进了空无一人的家中。

樱桃飘然而入后，我下意识地关闭了门。稍稍迟疑片刻，我随即轻推了一把樱桃，在我的引领下，我们爬上陡直的楼梯，来到了小阁楼。站在晦暗的阁楼斜顶下，我的身体开始轻轻战栗起来，我甚至听得见自己牙齿互相碰撞的咯咯声。害怕不仅源于这件事情本身具有偷偷摸摸的性质，还来自于我对这件事情发展下去将会导致什么结局的一种无知和恐惧。

我将樱桃推倒在床上，并很快将她的衣服一一卸下。

一具活生生的、微微扭动喘息的全裸少女人体展现在我面前了。

我的脑袋嗡嗡作响,身体颤抖得像片冷风中的树叶。我觉得眼前渐渐模糊起来,只有一团火焰在熊熊燃烧,而自己迅速将在大火烈焰中化成灰烬。我嘴唇微启,喉咙焦渴难忍,我艰难地控制住自己,不然我想我很快就会倒下的。我一步步移动铅一样沉重的双腿,向前面,向那具令人眼花目眩的少女人体扑去,就像久别故乡的游子扑向土地。我的脸庞靠上樱桃高耸胸脯的刹那间,身体触电般地抖动起来,犹如一只狂风大作中的风铃。

本能驱使我去征服那具少女身体。然而这时,呻吟着的樱桃突然冒出一句:"我要怀孕了怎么办?"

我一下猛省过来,一跃而起,三下两下把衣服全部扔还给了樱桃。一直到樱桃离开阁楼很久之后,后怕还使得我的心扑通扑通狂跳不已。

这次幽会对我的影响是不可低估的。我像偷了别人东西似的整整几天不敢抬头正眼看人。我觉得自己已经滑向了堕落的深渊。是与非的内心拷问折磨着灵魂,使得我如同负罪的囚徒,希冀着被鞭打,被惩罚。

我那时候的状况和心态,自然给了老太太一个极佳的时机。一天,她找到机会,对站在我身边的熊猫说了一句:"不能让好朋友落伍啊。"

熊猫看看我,我一声不吭,内心却在刹那间动摇了。这就使得老太太和她学生之间的这场旷日持久的较量,很快就有了结果。

连着几天的寝食不安,使我的精神已濒临崩溃的边缘。

一个星期之后,在学校的一个动员大会上,我猛丁站起,游魂似的走上了讲台。在众目睽睽之下,我从口袋里掏出了一张纸。那是一张白纸,上面没有任何内容。但所有的同学和老师都以为那上面写了东西,都以为我是照本宣科,这些我都不知道,我也以为我是照本宣科。当时的情形我事后都想不起来了,由此可见,我当时处于一种梦游般的状况。我已很久没这样了。

我向全校师生庄严宣布:我不要留在城里,我自愿报名去最最艰苦的海边。我不要做一只屋檐下的鸟雀,我要像雄鹰那样去搏击长空,搏击长空——

我失控的声音经过扩音器的传播,在学校的每个角落回荡……

所有表示要去农村的学生,包括熊猫在内都是软档,而像我这样按照分配方案可以留城的硬档,也表态去外地,并且是去又远又苦的海边,这不能不在校园内引起轩然大波。

熊猫和大家一样，震惊之余又有些暗暗高兴。他从未劝说他的好朋友这样做。甚至在老太太那天明确暗示他应该提携帮助我时，他也只是含混地说了一句"他自己会选择的"，熊猫的这句话怎么理解都可以。但熊猫也许不会明白，他实际上所起的作用要远远超过他日后所感觉到的和所估量的。在向上和向下的苦苦抉择中，熊猫自然而然，在他朋友的心目中成了一杆标尺。如果说那次幽会之后，樱桃成了一种向下的象征，那么熊猫就是一杆向上的标尺。当处于重重苦恼之中的我，面前出现了邀我一同回家的熊猫，哪怕他什么都不说，也无疑是一股强大的拖拽我冉冉上升的力量。和熊猫一同走在回家的路上，我感到倾斜的心理恢复了平衡。

最得意的人莫过于老太太了。她似乎早就知道事情会这样。她之所以长久以来对她的学生采取一种姑息态度，从不指出他的过错，从不在他面前抖落那些桃色艳闻，好像就是为了酝酿最后的一幕好戏。

她的冷处理战术最终被证实是颇具威力的。她像晾一件衣服一样将她的学生晾在一边，只等它水汽散尽，变得无比的轻，无比的丑陋，她只需把手伸过去，衣服自然不堪一击地掉落下来。

41

火车行驶在三月温煦的阳光里。春意拂动的田野快速朝后隐退。此趟列车的目的地是母亲的故乡——浙中山区。

我和母亲并排坐在靠背椅上,一语不发地观望着窗外的景色。清明节快到了,舅舅提出把二姨妈的骨灰盒送回家乡,同外婆外公的合冢葬在一起,他希望两位姐姐能够同行。出于礼貌,舅舅也邀请等待分配通知的我去乡下做客。母亲自从携儿带女逃离家乡后,几十年里一直没有回去过,她很想在父母的坟前尽一点孝心,舅舅的建议提供了一个机会。

坐在车厢里的母亲目光恬静,几缕鬓发随风飞动。她似乎已从此前的懊丧中渐渐解脱出来。我没想到,我报名去海边的决定居然对母亲的打击如此之大。

母亲站在小院门口,拦住企图进入我家的老太太,她流着泪指着她儿子的老师说:"我恨你,都是你的鼓动,才使得我的儿子头脑一时发热,做出了错误的决定。"

老太太在那一刻显得很尴尬,但她依然笑嘻嘻忍着委屈说:"你可以问问你的儿子,我什么时候鼓动过他?"

站在一旁被母亲的眼泪撩拨得心烦意乱的我,面对老太太质询的目光,点点头,以表示同意老太太的说法。

母亲说:"假如不是你在起作用,那好,你去对校方说,我儿子收回他的决定。"

老太太即刻连连摆手,低声咕哝道:"那恐怕不行,现在已经晚了。一切都已经晚了。都是你儿子自己愿意那么做的。你知道吗,他现在是风云人物。"

我一旦游魂似的跨出了那一步之后,心底就被冲动的火焰煽得滚烫滚烫,浑身的激情也犹如火山爆发一般喷涌而出。我的脑海里只有一个念头:抛弃过去的一切,像凤凰那样涅槃。我将巨幅决心书高贴在大楼门口,只要有机会,我都会主动发表演说,不仅在校内而且还去外校演说。我好像要把从小寡言少语的损失一下捞回来。我现身说法,以虚构的内心世界的反复过程,来劝导和鼓动别人像我一样放弃留在城里的念头。我将一份宣传材料上的内容背得滚瓜烂熟,在把海边生活描绘得无与伦比的时候,我告诉台下那些观望的毕业生:那里吃得比城里还要好,土豆炒肉片一大碗只要一角五分钱。我的毫无节制、无限上升的演说热忱,以及随口编造的想象力,使得坐在旁边陪伴我的熊猫,也不由得暗暗吃惊目瞪口呆。为了奖励我的行为,红卫兵组织突击吸纳了我,将我放得很大的巨幅照片挂在橱窗里,任命我和熊猫为赴海边战斗队的负责人。

在这些日子里,我像一团燃烧滚动的火球,我似乎甩掉了长长的跟随在身后的魔影,所有的艳闻,所有与异性交往的不光彩的经历,以及多少年来因家庭出身问题使我无法挺直腰杆的压抑感和阴郁感,都在腾腾升华的演说热情中化为乌有。我将演说变成了一次次倾诉。我在一次次倾诉之中感觉身体的冉冉上升。我下沉得太久太久,故而完全放弃了控制上升的速度。

当灵魂田野上的急风暴雨席卷而过之后,我像刚刚发完高烧大病初愈的病人一样,有种虚脱的感觉。很奇怪,我完全遗忘了我曾经说过什么,做过什么。

在家等待分配通知的日子,狂躁的情绪弃我而去,我又恢复了往常的安宁和沉默。我整日大睡,以此来休整疲惫的身心。在我内心里,亲戚们已经不复存在,我是在一种麻木的状态下与母亲一起前往乡下的。

列车在靠近平原的地方停下了。我和母亲下了火车,转乘长途汽车。汽车颠簸了数个小时之后,驶进了山区。盘山公路宛如一根飘逸的绸带甩向浙中丘陵地区,汽车在这根绸带上滑行,像是在丈量起伏不定的山势地貌。

傍晚时分,一条小溪从山坳淙淙流出,绕过车身,又蜿蜒朝山下流去。我和母亲走下车来,只见小溪两侧沿途一溜排开的都是小商小贩。错杂含混的吆喝声叫卖声随暮色四处弥漫。走出这条长长的集市,便是阡陌纵横的田野。舅舅和围着围兜的四姨妈,从一幢瓦房前的菜院子里迎了出来。

我在乡下度过了万木复苏的初春季节。田野、小溪、集市、大山,挑担上门的卖豆腐郎,以及回响山间的鹤唳鸟鸣声都让我这个闭塞的城里人感到无比的新鲜。我随鼓乐齐鸣的队伍,沿着砍柴人的足印在山道上攀援,那个手捧二姨妈骨灰盒的淳朴农民,向我讲述了关于白毛山鬼的故事。登上云雾缭绕的山巅,山民们点燃锡箔纸钱,拖长声调吟唱哀戚低回的无字歌。我在外公外婆的合葬坟前,像母亲那样放上一棵青翠的松枝。虽然我不知道我为何要这样做,但在香烟袅袅的山岗上,置身一片机械的吟唱声中,我被一种莫名的肃穆感紧紧攫住。

乡间四月,遍地野花。

我在一片甘蔗地里,结识了杨梅和草莓。杨梅长得眉清目秀,异常水灵,是这一带少见的漂亮姑娘。与杨梅相反,草莓又胖又丑,圆圆的大脸蛋上,终年不褪冬天里冻坏皮肤后留下的红斑。

晚饭后的掌灯时分,我就与杨梅和草莓在一起玩牌消闲。在田里忙乎了一天的杨梅和草莓,这时候才有空暇放松一下。有时候，舅舅也插进来打牌。他一边摸牌，一边用红红的醉眼不时朝杨梅眨巴。

"想不想拍照呵？小姑娘。"兴致颇高的舅舅出了一张牌后问杨梅。

"要拍要拍。"草莓抢着回答。

"想不想拍照呵？"舅舅没能得到满意的回答，继续问道。

直到舅舅朦胧的醉眼里看到杨梅恳切地点头后，他才把牌一甩，打着哈欠睡觉去了。

天气晴朗阳光明媚的下午，头发梳得整整齐齐的舅舅，挎着一架照相机，带着杨梅朝山里走去。正在菜田里干活的草莓见了，奔至村路边，一个劲地说："舅叔公，我也要拍照，我也要拍照。"

见舅舅迟疑地一颔首，草莓旋即奔回村里，换了一件大红的衣服，气喘吁吁地跑向山里。

胖乎乎的草莓好不容易找到舅舅和杨梅时，杨梅正一只手搭在松枝上，手腕上露出一块舅舅临时借给她的新手表，笑对着舅舅的相机。喀嚓一声，舅舅打了个响指，他似乎很满意刚刚完成的作品。

草莓跟在后面，随舅舅和杨梅在山里转了一大圈，才捞到一次机会，展露她那件大红色的衣衫。后来，当她再度恳求舅叔公时,舅舅告诉她相机里没胶片了。

杨梅和草莓只会说乡间土话,我凭借从母亲已经走样的方言里听熟的一些词,依稀辨别两位农村姑娘的对话。她们对普通话也很陌生,费好大劲才能明白我的意思。我们一起去山下看电影的路上,我曾向她们询问流传这一带的有关白毛山鬼的传闻。当她们反复猜测,终于恍然大悟之际,两人吓得噤若寒蝉,一声不吭地在星光月色下疾步快走。

我与杨梅和草莓的频繁约会,被舅舅和四姨妈察觉了,他们先是冷言冷语,然后让母亲出面制止我晚间外出。当我又一次准备冒着风险溜出去之际,舅舅红着眼睛坐在门口的长凳上,敲敲面前的酒盅威胁说,如果我再这样下去,就提前结束这趟乡间之旅。

舅舅的过激反应让我很费解,这期间如果不是一位不速之客的到来,我与舅舅的一场正面冲突恐怕就难以避免了。

不期而至的是"天公神仙"。他精瘦的身子像一个幽灵似的出现在乡间小道上。他来了之后就好像住在自己家里一样,整天嘻嘻哈哈装疯卖傻,晚上没人给他安排床位,他就将几张板凳拼在一块,睡在上面居然还打出很响的呼噜。吃饭时谁也不用叫他,他总第一个抢占好座位,自说自话拿过舅舅的酒壶给自己斟酒,他把自己的眼睛灌得和舅舅一样红,然后直勾勾地盯着舅舅,两双红眼睛对望着,像寻衅的公鸡。

"舅舅应该知道,我们这个国家是有政府的,对吗?""天公神仙"反反复复重复着一句话。

当"天公神仙"把这句话重复到第六遍的时候,舅舅拿出了一把尺子,他捋起袖管,将尺子敲在桌子上,发出啪啪的声响。

"要么吃酒,要么吃尺子。"舅舅说。

"天公神仙"愣了愣,随即爆发出一阵公鸭般的狂笑声。"小儿科,你还跟我玩小儿科,我走南闯北,什么没见过?你把我母亲骗到城里去,最后用一包烂衣服将她打发掉。她是被你气死的,你不会不知道吧?"

"放……屁,"舅舅的舌头后来开始大了,"你、母亲是、地主婆,她怎么有资格、继承工人、阶级的遗产……你是、对的,你和你母亲、已经划清界限、很多年了……"

"你……你是一个……骗子,""天公神仙"的舌头也大了,"一个……大骗子……"

"天公神仙"边说边挥过手臂去抢夺舅舅手中的尺子,舅舅死活不让尺子脱手,于是,舅舅和外甥两个人抢来夺去,最终在桌上扭成了一团……

第二天一大早,"天公神仙"跑到了镇政府,一纸讼文将舅舅告了上去。从而拉开了一场旷日持久的马拉松式的家庭财产官司的序幕。

舅舅最终输了这场官司,将乡间临街的一间门面房划给了"天公神仙",那是八九年以后的事了。

我是一个人悄悄离开母亲故乡的。在此之前,我已做好了相应的准备。因为"天公神仙"的出现,舅舅和四姨妈已顾不上我了,同样的原因,母亲也得暂时留下,我的悄然出走没有引起他们任何人的注意。

一个天色未明的早晨,我轻手轻脚地拉开沉重的木门,缭绕的雾霭中,杨梅和草莓已推着一辆独轮木架车,站在不远处的村路旁。健壮的草莓推车,我与杨梅各坐一边,独轮车往镇汽车站方向推去,我逃离乡间生活的计划开始实施。

与杨梅和草莓在镇汽车站告别,我看到两个纯朴的姑娘眼睛里噙着泪花。坐上汽车后,她们踮着脚朝我使劲挥手。一股浓重的忧伤情绪突然笼罩了我。我想,再过些年,她们都会出嫁,嫁到邻近的山村去,生儿育女,而我恐怕这辈子再也没有可能见到她们了。

傍晚时分,我转乘火车。忧伤的情绪依然没有散去。

火车驶过茫茫黑夜。我望着车窗外遥远的一片暗火般的灯光发愣。我知道，再过一会儿，列车就要经过我父亲的老家。母亲来的时候似乎不经意的提起过。那是个我熟悉名字却从未去过的地方。我毫无感觉。那片淹没于夜色之中的灯火与我有什么关系？那个不知尸骨埋在何方的人的老家与我有什么关系？我只不过去了一趟母亲的故乡。仅此而已。母亲的故乡只属于母亲。

我要睡觉了。

再版后记

长篇小说《穿旗袍的姨妈》于2007年出版，它与2011年出版的《气味》一样，初稿都动笔于上世纪九十年代中期，那时候，余华已经写出了《活着》，这本书一直畅销到今天。我女儿在高一时读了《活着》，她跟我说这本书写得真好，就是里面的人活得太苦了。我只能说那你要珍惜你现在的生活呀，其实这么说的时候我感觉心是虚的，言辞很苍白。

对中国当代文学来说，九十年代伊始是一个重要的转折期，先锋作家们纷纷直面生活，正面强攻，而我这个专业编辑业余作家，因为写过一些中短篇，跃跃欲试，也想尝试写长一点的东西。《穿旗袍的姨妈》原先的初稿有三个人称的叙事转换，最终还是放弃了，只选择了第一人称的叙事。改为第一人称之后，小说的很多细部都顺多了，流畅多了。我想那次调整显然与九十年代文学形态的转向有关。当然，我没有跟那些功成名就的作家相提并论的意思，我的才华不够，又不够专注，严重缺乏职业作家的心态。我只是指出写作《穿旗袍的姨妈》这部书的历史背景。

我的母亲有五个姐妹两个兄弟，当我拿起笔，我的眼前首先浮现的是二姨妈的形象。其实从小对我比较好的是大姨妈，因为她与母亲的关系最好，所以对我们兄弟姐妹都比较照顾，大姨妈与母亲关系比较融洽的原因之一是她们的家庭成分都不好，都嫁给了有问题的丈夫。为什么是二姨妈呢？思来想去想是她太富有传奇性了。自我出生起她就是一个人，酷爱旗袍，去世后她居然有足够丰厚的财产，可以让她的兄弟姐妹为之打官司。二姨妈一生节俭，这些财产要一口一口从嘴边省下来那是不可能的，那只有一个解释：她曾经嫁给过一个富人。那是个什么样的富人呢？他是去世了还是把二姨妈抛弃了？从小到大，我一直在问而没有问出结果，于是忍不住要展开想象的翅膀，这就是我写作这本书的起因。

十多年过去了，我走东走西参加各种文学活动，居然不时有人跟我说看过《穿旗袍的姨妈》，让我既感触又惭愧，因为第三部始终还在路上。

感谢上海文艺出版社重版此书，能够让年轻读者读到它，也感谢著名设计师黄海为我这本书的封面操持费心，感谢责编张诗扬。

2023 年 4 月 2 日

图书在版编目（CIP）数据

穿旗袍的姨妈 / 程永新著. -- 上海：上海文艺出版社, 2023
ISBN 978-7-5321-8558-0
Ⅰ.①①穿… Ⅱ.①程… Ⅲ.①长篇小说－中国－当代
Ⅳ.①I247.5
中国版本图书馆CIP数据核字(2023)第028462号

发 行 人：毕　胜
责任编辑：张诗扬
封面设计：黄　海
内文排版：艺　美

书　　　名：穿旗袍的姨妈
作　　　者：程永新
出　　　版：上海世纪出版集团　　上海文艺出版社
地　　　址：上海市闵行区号景路159弄A座2楼　201101
发　　　行：上海文艺出版社发行中心
　　　　　　上海市闵行区号景路159弄A座2楼206室　201101　www.ewen.co
印　　　刷：苏州市越洋印刷有限公司
开　　　本：889×1168　1/32
印　　　张：9.5
插　　　页：4
字　　　数：160,000
印　　　次：2023年5月第1版　2023年5月第1次印刷
ＩＳＢＮ：978-7-5321-8558-0/I.6743
定　　　价：68.00元
告 读 者：如发现本书有质量问题请与印刷厂质量科联系　T：0512-68180628